DELLA STESSA COLLANA

Daniel Arsand, *Io sono vivo e tu non mi senti*
Joaquín Pérez Azaústre, *I nuotatori*
Caroline Blackwood, *La duchessa*
Caroline Blackwood, *La figliastra*
Ta Nehisi Coates, *Tra me e il mondo*
Ta Nehisi Coates, *Un conto ancora aperto*
Andrea D'Agostino, *Conosco l'amore meglio di voi*
John Freeman, *Come leggere uno scrittore*
Lauren Groff, *Arcadia*
Lauren Groff, *Delicati uccelli commestibili*
Blaine Harden, *Fuga dal Campo 14*
Fabio Innocenzi, *Sabbie mobili*
Nathalie Kuperman, *La domestica*
Krys Lee, *Come siamo diventati nordcoreani*
Julio Llamazares, *Le lacrime di San Lorenzo*
David Leavitt, *L'uomo che sapeva troppo*
Daniel Magariel, *Uno di noi*
Richard Mason, *Il respiro della notte*
Livio Milanesio, *La verità che ricordavo*
Sebastiano Mondadori, *Gli amici che non ho*
Sebastiano Mondadori, *L'anno dello Straniero*
Joseph O'Neill, *L'uomo di Dubai*
Philippa Perry e Junko Graat, *La coscienza di James*
Alexandre Postel, *Un uomo discreto*
John Preston, *Uno scandalo molto inglese*
Saïd Sayrafiezadeh, *Brevi incontri con il nemico*
Steve Stern, *L'uomo che voleva essere Kafka*
Alexandre Seurat, *Il caso Diana*
Alexandre Seurat, *Un buon padre*

ENRICO MORELLO

Ufficio salti mortali

Romanzo

codice
EDIZIONI

Enrico Morello
Ufficio salti mortali

Progetto grafico e copertina: Alessandro Damin

ISBN 978-88-7578-730-1

codiceedizioni.it
facebook.com/codiceedizioni
twitter.com/codice_codice
instagram.com/codice_codice

A mio padre, per le cose che non gli ho detto.

A Eddy, perché non c'è stato il tempo.

A mia moglie, e ai miei figli.

«Ci vuole un fisico bestiale,
per resistere agli urti della vita.»
Luca Carboni

«Cos'altro vi serve da queste vite,
ora che il cielo al centro le ha colpite.»
Fabrizio De André

1

Oggi non ho pagato l'iva trimestrale; scadeva ma non l'ho pagata. Domani non pagherò qualcos'altro, forse l'affitto o la cassa previdenza avvocati, chissà.

Arrivano cartelle quasi ogni settimana: io rateizzo, anzi chiedo alla segretaria di andare all'ente competente e trattare per rateizzare. Lei lo sa ed esegue. Spesso nemmeno lo chiede, e quando arrivano le cartelle va direttamente. A volte non pago neanche lei, o la pago con molto ritardo, quando proprio non posso rimandare. Del resto ha il marito che non lavora e due figli piccoli, quindi non si può permettere di non avere un lavoro, anche se pagato male e a intermittenza, sennò mi avrebbe già lasciato.

Siamo i nuovi poveri, gli ex ricchi, quelli che non pagano più l'affitto dello studio e l'iva ma non lo possono dire, quelli che se gli chiedi come va ti rispondono «Benissimo», persino tra colleghi, anzi specialmente tra colleghi. «Come va il lavoro?» «Benissimo», ma non è vero, va male, ce n'è sempre meno e noi siamo troppi.

Siamo i nuovi poveri, quelli che devono sembrare ricchi e felici davanti a tutti: agli occhi della nuova moglie (per non farci mancare nulla difficilmente ci fermiamo a un solo matrimonio) e dei figli, e poi a quelli dei clienti, che per quanto facciano di tutto per impoverirci non accetterebbero mai un avvocato squattrinato.

Siamo i nuovi poveri, quelli che magari pagano il circolo del tennis a rate oppure non lo pagano affatto, quelli che non versano gli alimenti alla ex moglie e poi tornano a casa sorridenti, sempre. «Com'è andato il lavoro?» «Benissimo», ma non è vero, è una cazzata, è andato male, sempre peggio.

Pio mi telefona un sabato mattina mentre sto andando a pranzo dai miei, come se ci fossimo sentiti non più di qualche giorno fa. In realtà dall'ultima volta sono passati quasi otto anni, quando si era trasferito improvvisamente in Libano.

«Ciao Arturo, come stai? Possiamo vederci dopo pranzo? Avrei bisogno di parlarti.» Il tono di voce è sempre lo stesso, con quella parlata un po' strascicata, la erre moscia che ricordo bene.

«Tutto a posto, grazie. Sapevo che eri tornato. Dai, va bene, ti vedo volentieri.»

La voce non è cambiata, ma mi chiedo come lo troverò. La mia vita è rimasta la stessa, ma la sua no: da perfetto sconosciuto senza un soldo è diventato un milionario del quale parlano i giornali.

I miei non sono ancora troppo anziani e il sabato vado ancora qualche volta a pranzo da loro. Mangio sempre moltissimo anche se non ho fame. Mi ingozzo di tutto quello che c'è, come se dovessi recuperare chissà quali appetiti passati, come se il loro sguardo che rivela lo stesso indistruttibile amore di sempre mi obbligasse a mangiare, come se questo mi aiutasse a ricordare il periodo sereno dell'infanzia, quando la felicità dipendeva da poche cose: mangiare, bere, fare i compiti, andare a letto presto, non prendere brutti voti a scuola, non litigare con il fratello.

Io invece con mio fratello ho sempre litigato, almeno fin quando siamo stati piccoli. Poi da adulti ci siamo sostanzialmente ignorati. In compenso, in un momento di particolare disperazione, gli chiesi dei soldi e lui me li negò, anche se già allora era molto ricco. Mi rispose che forse avrei pensato che fosse il peggior fratello del mondo, e aggiunse che quei soldi, anche se non gli servivano, non me li poteva proprio dare. Da allora non ci siamo limitati a ignorarci, ci siamo volutamente evitati: io per vergogna e rabbia e lui forse (ma ne dubito) per imbarazzo, o per il fastidio di trovarsi di fronte a un potenziale debitore poco solvibile.

Non possiamo ignorarci solo in quelle due o tre occasioni all'anno in cui ci troviamo con i nostri genitori. Ma accade sempre più di rado, e comunque credo che anche loro sappiano che non ci siamo mai voluti bene. Il fatto è che quei soldi all'epoca mi servivano davvero; per questo glieli avevo chiesti. Ma in fondo sapevo che non me li avrebbe dati, ed era vero che pensavo (lo penso tuttora) che fosse il peggior fratello del mondo.

Con Pio (e il suo fratello gemello) siamo stati compagni di liceo trentacinque anni fa. Ci siamo pure picchiati, una volta; non mi ricordo neanche il motivo, ma alla fine eravamo diventati abbastanza amici, per quanto fosse possibile diventare amici suoi. Con gli anni ci siamo persi di vista, ma ho sempre seguito le sue vicende sui giornali.

Pio si è arricchito lavorando all'estero. Una fortuna esagerata, mostruosa. Secondo alcuni dietro c'era la mafia, gli arabi o chissà chi; altri invece hanno parlato dell'amicizia con un noto faccendiere italiano, che non poteva rientrare in Italia perché negli ultimi anni era stato coinvolto in buona parte degli scandali che ruotavano attorno a politici e logge massoniche varie. Di sicuro degli invidiosi, o forse no.

L'unica cosa certa è che ora Pio è ricco, schifosamente ricco. È tornato da poco in Italia per aprire la stessa attività che all'estero lo ha reso milionario, prima di fuggire dal Libano per i soliti problemi con il fisco. Non sono sorpreso che mi abbia cercato: so che qualche giorno fa ha chiesto a un comune amico se sono un buon avvocato.

Ci vediamo in un bar del centro. Ha troncato i rapporti con l'ultimo dei suoi tanti difensori, quindi ha bisogno di un avvocato. In fretta, subito, oggi stesso.

È esattamente come me lo ricordavo: stesso fisico asciutto e stessi capelli biondi dei tempi del liceo, e dimostra meno dei suoi cinquant'anni. Del resto ha sempre avuto molta cura del proprio fisico, ed è un grande sportivo. Da ragazzi Pio e il suo gemello hanno praticato canottaggio a livello agonistico. Negli allenamenti, già di per sé durissimi, mettevano una determinazione e una ferocia che gli hanno permesso di arrivare ai vertici delle competizioni nazionali di categoria, il due senza. Uscivano con qualsiasi tempo, tranne quando nei mesi invernali a causa di freddo o neve proprio non si poteva salire in barca. Allora restavano ore in palestra ad allenare forza e resistenza, e quando gli altri si buttavano sotto la doccia loro due si facevano ancora dodici chilometri di corsa.

Pio mi ha raccontato più di una volta della vita che facevano quando venivano selezionati tra i migliori atleti nazionali e andavano ai raduni federali che si tenevano a Piediluco, vicino a Terni. L'allenamento classico consisteva in un giro del lago di corsa (venticinque chilometri, e loro a volte ne facevano una decina in più), seguito da una serie infinita e pesantissima di esercizi a corpo libero, una sessione di pesi e un'uscita in barca di circa trenta chilometri. Quando tornavano a casa, in auto, erano talmente stanchi che rischiavano ogni volta di addormentarsi e uscire fuori strada.

All'inizio di ogni raduno gli istruttori facevano fare un test massimale al remoergometro, e quando un anno Pio risultò meno brillante del gemello, la Federazione decise di dividerli per piazzare il gemello, il migliore della coppia, in un altro equipaggio con un possibile futuro olimpico. Pur di non separarsi i due fratelli lasciarono il canottaggio così, da un giorno all'altro, e nonostante le insistenze della Federazione e gli anni di allenamenti massacranti a cui si erano sottoposti non sono mai più saliti su una barca e non ne hanno mai più parlato, nemmeno tra di loro.

Anche l'improvvisa ricchezza sembra averlo attraversato senza lasciare tracce. Veste più o meno come mi ricordavo: girocollo nero e jeans, forse perché ha sempre ammirato Steve Jobs. L'unica sua debolezza sono le scarpe: gli piacciono quelle inglesi di gran pregio, nere, con la punta tonda, sempre pulite e lucidate.

«Ciao! Come stai?» Sembra contento di vedermi. Addirittura mi abbraccia, il che mi stupisce un po' perché so bene quanto non ami il contatto fisico.

«Benissimo. E tu? Ti vedo in gran forma. Ho sentito parecchio parlare di te, ultimamente.»

«Tutte cazzate dei giornali. Dimmi degli altri, invece. Vedi ancora qualcuno?»

«A volte Franco e Piero, quando giochiamo a calcetto. Degli altri... no, nessuna traccia.»

«E figli? Ti sei sposato, vero?»

«Sposato, divorziato e risposato. E tu? Niente figli?»

«Lasciamo stare...» Si mette a ridere con quel suo modo tranquillo che ricordo bene, e che già allora mi metteva allegria. Sembriamo i due ragazzi che non siamo più ormai da un bel pezzo.

«Senti, Arturo, ti va di lavorare per me? Da quando sono tornato in Italia e ho aperto l'azienda ho parecchi casini. Mi serve un avvocato che mi segua tutto il tempo. Te la senti? Stabiliamo un importo fisso mensile che ti possa andar bene. Cosa ne pensi?»

Ovviamente mi va benissimo. Con lui non ho finto di essere ricco o che le cose vadano bene, tanto si è sicuramente informato e sa tutto di me. Se poi ha chiamato me e non uno dei tanti avvocati di grido che si metterebbero volentieri in ginocchio davanti a un cliente come lui, vuol dire che gli vado bene così, e forse come difensore vuole proprio un vecchio amico un po' intristito e non di "chiara fama".

Gli avvocati più sono importanti e più si inginocchiano volentieri davanti a clienti come Pio. Anzi, forse hanno avuto successo proprio perché si inginocchiano fin troppo volentieri. Un altro inchino che gli avvocati, giovani e vecchi, grandi e piccoli, eseguono con una certa consumata abilità è quello davanti ai giudici, prima dell'udienza: appena accennato (una flessione in avanti quasi impercettibile) quello degli avvocatoni, molto più articolato e scomposto quello dei colleghi meno noti. Tutti, senza distinzione, salutano invece l'arrivo del magistrato con uno squillante «Buongiorno signor giudice», al quale il magistrato risponde al massimo con un infastidito cenno del capo.

Ci sono delle eccezioni, è ovvio: quando un avvocato vip incontra un magistrato vip, con il quale sicuramente intrattiene rapporti professionali che includono convegni, arbitrati e corsi professionali ben remunerati, allora basta un semplice «Ciaaaaao», oppure, se i due privilegiati hanno presenziato di recente alla stessa cena evento di beneficenza aperitivo partita di calcetto, si può addirittura assistere allo scambio del cinque in pieno tribunale.

Insomma, siccome Pio mi conosce ho risparmiato, a me stesso prima ancora che a lui, la solita rappresentazione dell'avvocato brillante e di successo che noi professionisti riserviamo a tutti i potenziali nuovi clienti per convincerli che stanno facendo la scelta giusta. La scena prevede, nei casi (frequenti, diciamolo) in cui si subentra a un collega, una parte nella quale, pur senza affermarlo in modo diretto (siamo pur sempre personcine di classe no?), facciamo capire che l'avvocato precedente è un perfetto coglione di cui hanno avuto la fortuna di liberarsi per incontrare noi.

Il rapporto con i clienti acquisiti segue a quel punto una sua naturale evoluzione. Si parte da un momento iniziale in cui l'avvocato rappresenta ai loro occhi una sorta di divinità capace di risolvere ogni problema terreno, per attraversare poi la fase nella quale l'avvocato si spoglia delle fattezze divine e il cliente comincia a vederci per quello che siamo, cioè mediamente capaci, mediamente onesti e molto attaccati al denaro. E si arriva al gran finale, che coincide con la richiesta del pagamento della parcella. Qui cessa ogni fraintendimento sulle ragioni che muovono il nostro operato, e si parla di quello che realmente interessa a entrambi: i soldi.

Pio mi chiede di lavorare per lui in un momento in cui le cose hanno smesso da anni di andarmi bene. Sono finiti i tempi in cui non mi ricordavo neppure di guardare sul conto corrente se avevo ricevuto i bonifici; adesso guardo eccome, tutti i giorni e anche tre volte al giorno, appena arrivato al mattino, alle undici e alle tre e mezza del pomeriggio. Ma i bonifici sono sempre più rari e gli importi sempre più bassi.

È cominciato, per me come per tanti altri, senza che ce ne accorgessimo e quando ormai era troppo tardi per cambiare il corso degli eventi, quel lento ma inesorabile declino che stava trascinando tutti, la mia generazione o la mia classe sociale, chiamatela come volete, dalla categoria di benestanti alla quale pensavamo di appartenere per diritto divino (o almeno dei nostri genitori) a quella molto meno nobile e decisamente più a rischio di nuovi poveri.

Ma se anche ce ne fossimo accorti, cosa avremmo potuto fare? Che colpa avevamo noi se i clienti diventavano sempre meno, avevano sempre meno soldi e gli avvocati erano sempre di più, con il risultato che i primi prendevano a calci nel culo i secondi sempre più spesso?

Per capire l'avvilimento al quale ci siamo abituati basta vedere le distanze chilometriche che copriamo per andare dai clienti, quando fino a poco tempo fa erano loro a venire da noi. Ora invece stanno ad aspettarci nelle loro aziende, persino a casa, e noi a correre come cagnolini, privi di ogni dignità pur di prendere un nuovo incarico, qualunque esso sia.

Ricordo bene l'avvocato dove avevo cominciato a esercitare quella che una volta si chiamava "la pratica", un periodo obbligatorio di almeno un paio di anni per poter accedere all'esame di abilitazione alla professione forense, un periodo nel quale normalmente si subiva qualunque vessazione senza aver diritto al minimo compenso. Tutti gli avvocati si avvalevano dei praticanti, perché non costavano niente o anche solo per il sadico e terapeutico piacere di riversare sul "giovane di studio" le incazzature che la professione riserva più o meno a tutti e più o meno quotidianamente.

Il mio *dominus* di allora, un grande avvocato, nonché una delle persone più capaci che abbia mai conosciuto, andava dai clienti solo se erano suoi amici o se per chissà quale motivo non potevano recarsi da lui, ma mai e poi mai si sarebbe mosso dal suo studio al di fuori di questi casi. L'avvocato (il mio, intendo) faceva attendere il cliente almeno qualche minuto, senza alcun apparente motivo e anche se era arrivato puntuale. Così, tanto per far capire chi comandava.

Di questo vecchio modo di fare l'avvocato rimpiango tutto, persino il rito del caffè dal quale spesso, tra l'altro, venivo escluso. Lo prendevamo al pomeriggio, verso le cinque e mezza, nel bar sotto lo studio. Il titolare invitava il più vicino per grado e anzianità, che a sua volta estendeva l'invito a quello che veniva dopo, e così via fino a quando, non senza un certo fastidio, venivo avvisato anch'io. Ma non sempre.

Il vecchio avvocato comunque aveva un debole per me; anche nell'ultimo periodo, quando era malato, rideva sempre alle mie battute e diceva spesso: «Speranza, lei diventerà un grande avvocato». Ai colleghi più anziani dello studio questo non è mai andato giù, quindi in sua assenza il caffè se lo andavano a prendere da soli, tra di loro.

In studio mi faceva partecipare alle riunioni, e quando un cliente cominciava a parlare di parcelle lui rispondeva invariabilmente: «Per queste cose parli con la segretaria». E non ricordo una sola volta, come a me invece succede altrettanto invariabilmente, che qualcuno si sia permesso di contestare la cifra richiesta. Le prime udienze le ho fatte per lui, appena ottenuto il patrocinio, e anche se si trattava il più delle volte di dire solo «Mi rimetto» (significa che mi rifacevo a quanto già scritto negli atti) per la prima volta mi sono sentito un vero avvocato. Non vedevo l'ora di tornare in ufficio per dirgli com'era andata, cercando di rendere il racconto interessante per quanto in realtà non fosse successo nulla di particolare.

Verso la fine della malattia in studio l'avvocato ci veniva sempre più di rado, ma mi faceva sempre chiamare per sapere come procedeva il lavoro. Poi in studio ha smesso di venirci del tutto, e dopo poco è mancato. E i suoi sostituti non mi ci hanno più voluto.

Ora è tutto diverso. Una volta un giudice mi ha detto: «Quando vedo com'è ridotta la nostra giustizia, che costa e dura sempre di più, penso che prima o poi lo Stato, dopo aver cercato tutte le strade alternative (arbitrato rituale e irrituale, mediazione obbligatoria, negoziazione assistita e via dicendo) per non fare il suo dovere, cioè giustizia, troverà il coraggio di affidarsi a un sistema più evoluto: testa o croce. Finalmente decongestioneremo l'intasata giustizia italiana con un metodo molto più veloce ed economico, capace di offrire le stesse percentuali di giustizia dell'attuale sistema di diritto».

Anche per me le cose sono cambiate in peggio. Le energie che mi richiede l'attività di schivare i creditori e inseguire i clienti perché paghino sono superiori a quelle che metto negli allenamenti giornalieri o che metterei in una maratona.

A volte penso seriamente di sostituire l'elegante targa in ottone *Avv. Arturo Speranza – Studio legale*, acquistata tanti anni fa da Levi Aprile con i primi guadagni della professione, con una molto più sobria e incisiva scritta, *Ufficio salti mortali*, che al momento mi sembra definisca meglio la mia reale attività.

2

A me piace scrivere e a me piace il diritto, quindi appena posso scrivo di diritto. Scrivo quando Renato Farelli me lo chiede (raramente) e anche quando (quasi sempre) non me lo chiede.

Nel primo caso sono tranquillo, perché so che, a meno che non scriva grosse cazzate, verrò pubblicato sul quotidiano. Nel secondo caso invece resto in attesa che risponda: a volte dice sì a volte no, a volte risponde subito a volte nemmeno risponde. Quella è la situazione peggiore: come aspettare qualcuno che non arriva a un appuntamento.

Carmen Tondelli però è diversa. Carmen è ingorda, Carmen non si rassegna, Carmen, se le pubblicano un articolo sul giornale, il giorno stesso manda a tutti una mail e propone un pezzo nuovo, come se non gliene avessero appena pubblicato uno.

Se Renato non reagisce Carmen non si rassegna: lo sollecita fino a quando non ottiene una risposta, e se proprio non la ottiene propone tre nuovi argomenti tutti in una volta e lo prende per sfinimento.

Scrive ad agosto, a Natale, scrive in qualunque giorno dell'anno. È bulimica, scrive più di tutti noi al-

tri collaboratori messi insieme. E dire che ci occupiamo tutti dello stesso argomento: diritto condominiale. Viaggiamo tra tabelle millesimali, condomini morosi, ascensori, scale, terrazzi aggettanti, colonne fecali, distacco di caldaie e pulizie delle scale, per arrivare al santo graal di ogni condomino: l'utilizzo dei posti auto in cortile.

Uno dei miei clienti più recenti (perso alla stessa velocità con la quale lo avevo acquisito, in una catena di avvicendamenti tra professionisti praticamente inarrestabile) vende biancheria di infima qualità; la stessa qualità che la titolare, entrata in azienda come segretaria, divenuta poi moglie dell'amministratore delegato e infine ascesa lei stessa a quel ruolo, mi ha sempre riservato nel farmi attendere per ore nel salottino (in verità più simile a un bordello) prima di ricevermi per gli appuntamenti settimanali che la mia attività di consulenza nei confronti della sua azienda prevedeva. Una volta uscito finalmente dal salottino, dove a causa della temperatura e della digestione del dopo pranzo spesso mi addormentavo, mi presentavo, vestito con il mio bel completino da avvocato (la titolare esigeva che i collaboratori esterni si vestissero all'altezza della *maison* di alta moda che riteneva di rappresentare), davanti a lei. Qui il più delle volte venivo liquidato in pochi minuti, durante i quali spesso non riuscivo a dire una sola parola, mentre lei passava da una telefonata all'altra.

Mi è capitato più di una volta di pensare che in quel salottino il mio avvocato non si sarebbe mai seduto: non solo a cinquant'anni, come me ora, ma neppure all'inizio della professione, quando avrà pur avuto anche lui un mutuo da pagare e figli da mantenere. Ai suoi tempi c'era un decoro e una dignità nello svolgere questo mestiere. Al servizio dei clienti, certo, ma mai ai loro ordini. E poi, come scrisse un collega nell'elogio funebre, lui non *faceva* l'avvocato ma *era* un avvocato. Una bella differenza.

Invece io in quel cazzo di salottino mi sedevo puntuale, sempre, anche se venivo dimenticato lì per ore, e salutavo con squisita gentilezza la titolare, che dopo i primi ritardi aveva smesso persino di scusarsi. Io in quel salottino mi sedevo e poi stavo ad ascoltarla mentre mi impartiva istruzioni (sosteneva di aver studiato un po' di diritto, non so bene quando) su come comportarmi in udienza. Qualunque umiliazione purché a fine mese, più o meno puntuale, vedessi arrivare il sospirato bonifico che prontamente distribuivo ai miei numerosi creditori.

Anche il mio avvocato era sempre ben vestito, e non solo quando andava dai clienti. Lui però i completi li comprava da Olympic, o meglio ancora da Emerson, che all'epoca era l'emblema dell'eleganza torinese. Non ho mai capito perché. Si entrava in quello che sembrava un appartamento, al primo piano, poco illuminato probabilmente per risparmiare sulla bolletta, e si percorreva una serie infinita di corridoi, uno più stretto dell'altro, pieni di vestiti nelle due uniche tonalità di colore previste, il grigio chiaro e il grigio scuro. Una volta, all'inizio della professione, sovvenzionato dai miei genitori che ci tenevano a farmi fare bella figura, da Emerson ci sono andato anch'io.

All'ennesimo grigio ebbi l'ardire di chiedere un altro colore, magari più vivo. La commessa, irrigidita, mi guardò per la prima (e unica) volta negli occhi e precisò: «Qui per noi il colore non esiste».

Emerson oggi non c'è più, forse perché né gli avvocati né i clienti potrebbero permettersi quei prezzi. Ora preferiamo tutti servirci da Patrizio, in Piazza Benefica, che vende vestiti di marca a metà prezzo sul banco del mercato, esposti come noi a tutte le intemperie.

Non è stata solo la crisi economica ad avere indebolito me al pari di molti altri. No, sono arrivate puntuali anche le difficoltà personali. In pochi mesi sono stato abbandonato:

a) dalla moglie, causa tradimento confessato prima ancora di essere consumato, primo e unico caso al mondo di coglione che confessa alla moglie una cosa del genere, e
b) dal mio miglior cliente, una multinazionale, per ragioni mai chiarite ma immagino dovute all'avvento di un nuovo amministratore delegato che voleva favorire un avvocato suo amico.

Risultato: se il secondo abbandono ha diminuito drasticamente i miei redditi, il primo ha fatto sì che quel poco che ne restava venisse in buona parte speso in alimenti, vista la presenza di figli piccoli «nati dall'unione fra i coniugi» poi «venuta meno» con la separazione.

Ed ecco che nel momento del bisogno arriva come un angelo il vecchio compagno di liceo diventato straricco. Troppo bello per essere vero, ma a questo punto ci devo credere; del resto non ho molte alternative. E poi di qualcuno ci si deve pur fidare, no? E di chi, se non di un vecchio compagno di liceo?

Dopo il nostro incontro al bar, chiuso senza un secondo abbraccio (credo che per Pio uno al giorno sia più che sufficiente), iniziamo subito a lavorare. L'accordo prevede che io vada in azienda da lui un paio di volte alla settimana, o comunque quando ce n'è bisogno, e lui in cambio mi riconosce un compenso mensile abbastanza generoso da permettermi di avere un incasso sicuro e un po' di tranquillità in più.

«Allora ciao, a presto. E salutami gli altri.»

Nel vederlo andare via dal bar e incamminarsi verso l'auto mi accorgo che ha conservato anche la stessa andatura dinoccolata e un po' indolente che ai tempi del liceo gli era costata più di una presa in giro. Sì, mi ritrovo a pensare, quello cambiato di meno è sicuramente lui, come se tutto il denaro che gli è piovuto addosso avesse avuto meno effetto della separazione e del divorzio che invece sono toccati a me.

Ho proposto un argomento a Renato: «Attenzione al subentro nei diritti di un condomino». Prima mi ha risposto che era interessante, poi si è accorto che la sentenza che volevo commentare era datata 2013 e mi ha detto di lasciar perdere. Io però ho insistito perché era un po' che non scrivevo, quindi alla fine ha acconsentito. Così gli ho mandato il pezzo e lui mi ha risposto «Grazie», che è il suo modo di farti capire che ti disprezza, che non lo pubblicherà mai e che è lieto di averti fatto perdere del tempo.

Lo odio.

3

Frequento un circolo di falsi ricchi, o ex ricchi che vorrebbero continuare a esserlo o comunque a sembrarlo, un circolo dove i veri ricchi non entrerebbero mai e la metà dei soci è composta da avvocati figli di avvocati.

Quando ci incontriamo tra di noi e ci chiediamo come va, la risposta è sempre la stessa: «Benissimo. Sono pieno di lavoro, non ho tempo per niente». Peccato che arriviamo al circolo sempre prima e andiamo via sempre più tardi.

Qualche giorno fa Matteo è arrivato con una brutta faccia. Gli ho chiesto come va e mi ha risposto: «Male, il lavoro è sempre peggio». Volevo dirgli «No Matteo, non devi dire così, devi dire che va tutto bene, che tu sei ricco e che sei pieno di lavoro, e che siccome sei in un circolo di ricchi vuol dire che anche noi siamo tutti ricchi e pieni di lavoro, che veniamo al circolo per riposarci dalle fatiche del lavoro e non perché non sappiamo cos'altro fare». Ho lasciato perdere, non gli ho risposto. Matteo è sempre stato un cretino.

Il circolo si trova ai piedi della collina, in riva al fiume, ed è bellissimo con la sua scalinata in marmo bianco. Quando varchiamo il cancello utilizzando l'apposito braccialetto personalizzato con il nostro nome e il numero di iscrizione che serve ad alzare la sbarra del parcheggio, ci sentiamo tutti più ricchi. Qui l'auto che si incontra più di frequente è la Porsche, ma comprata in leasing e firmando pile di cambiali. Sono le stesse Porsche che dopo qualche mese si ritrovano alle aste giudiziarie.

Il primo incarico che mi assegna Pio è trattare la liquidazione del suo precedente legale, al quale dovrò subentrare. Lo conosco di nome e anche di vista, un vero idiota arrogante e pieno di sé. So che si è diviso dal socio perché aveva il vizio di scoparsi le clienti, e a quanto pare anche le segretarie, visto che una se n'era andata malamente e gli aveva fatto causa. Appena arrivato, la nuova giovane segretaria mi fa accomodare nella sontuosa sala d'attesa tutta in legno del suo sontuoso studio tutto in legno.

Aspetto parecchio, più del tempo che normalmente si fa aspettare un collega, ma immagino sia il suo modo di farmi sapere che sì, siamo entrambi avvocati, ma non dello stesso livello.

«Carissimo... Come stai?» Mi viene incontro in maniche di camicia e mi accompagna nella sua stanza. Alle pareti sono appese soltanto foto di lui da giovane, impegnato in gare di corsa campestre. So che in passato è stato un buon atleta, e credo che da lì nasca la conoscenza con Pio. Adesso che lo vedo seduto sulla sua poltrona, con il pancione strabordante tra le bretelle rosse, non sembra essere rimasto molto dell'atleta di una volta. Almeno da questo punto di vista dovrebbe essere lui a invidiare me.

Prima di passare al dunque mi mostra con orgoglio i suoi articoli, apparsi nella rubrica «L'esperto risponde» di una rivista femminile di infimo rango. Nella foto sul giornale è in camicia, con le solite bretelle e l'espressione ammiccante. Un vero mitomane pieno di sé. Anche lui sa chi sono, e sa che sono in difficoltà. Nel nostro ambiente, anche se nessuno ci ha informato ci mettiamo poco a capire: parliamo la stessa lingua, e non bastano certo quei ridicoli trucchetti che utilizziamo con i clienti a non farci distinguere un collega che se la passa bene da uno in bancarotta.

Sa dei miei problemi e di sicuro ne gode, perché poche cose ci danno più piacere di conoscere le difficoltà di un collega. Lui è sulla cresta dell'onda, a tempo debito aveva trovato i giusti agganci politici. Prima si era legato a Forza Italia, poi, mostrando innate doti di equilibrismo, era riuscito a rimanere a galla quando l'onda del partito fondato dall'unto dal Signore aveva cominciato ad arretrare vistosamente.

«Allora, come sta il nostro amico? Sono contento che sia tu a occupartene, ora. Con te è in buone mani. Io in effetti non ho più tempo per seguirlo. Avrai letto sui giornali che ora ho diversi incarichi di prestigio.»

In verità Pio mi ha detto che è stato lui a scaricarlo perché convinto che lo stesse fregando sulle parcelle, e che in una causa precedente si fosse messo d'accordo con l'avvocato avversario per far durare il più a lungo possibile il processo.

«Pio sta bene, grazie. Senti, non voglio farti perdere tempo, quindi andrei subito al dunque. Ho l'incarico di farti un'offerta sull'importo che ti deve. Possiamo parlarne?»

Alla fine ci accordiamo abbastanza in fretta per metà della cifra che chiedeva. Mi sembra soddisfatto. Strano però, perché in fondo ha appena perso un cliente nonché metà dei soldi che secondo lui gli spettano. Un avvocato non rinuncia mai volentieri a un cliente, e meno che mai a un credito.

Mi accompagna lui stesso alla porta. «Ciao, collega. Torna a trovarmi quando vuoi, anche solo per un saluto.»

Che ipocrita. Mi viene voglia di tornare solo per vedere la faccia che farebbe se mi ripresentassi alla sua porta solo per un saluto, come mi ha detto.

4

Il mese scorso in studio ci hanno staccato la luce. Non era la prima volta che succedeva, perché spesso non paghiamo le bollette. La segretaria ha fatto finta di niente, così come Sonia, la mia socia, anche se sapeva benissimo che ero sempre io a pagare i conti, poi lei mi restituiva parte dell'importo che avevo anticipato. Questi erano gli accordi.

Lei, dopo che ci hanno nuovamente staccato la corrente, non ha detto niente, però dopo due giorni mi ha comunicato che se ne sarebbe andata, perché aveva ricevuto un'«offerta che non si poteva rifiutare». Abbiamo condiviso lo studio da sempre; ci conosciamo da quando avevamo entrambi sei anni, persino i nostri genitori erano amici.

Le ho detto che così mi lasciava nella merda, che non avrei mai potuto sostenere da solo tutte le spese dello studio, che non me l'aspettavo, che pensavo che avremmo chiuso le porte dello studio l'ultima volta insieme fra qualche anno come insieme le avevamo aperte tanti anni fa, subito dopo aver finito la pratica. Lei mi ha risposto che le dispiaceva, che si rendeva conto, che «era un'occasione imperdibile» ma che mi avrebbe dato il tempo di trovare un sostituto. Io però un sostituto non l'ho ancora cercato: dovrei trovare qualcuno che praticamente ci veda anche al buio. Non mi ha più pagato le spese dello studio e non ci siamo quasi più rivolti la parola, dopo esserci parlati quasi tutti i giorni della nostra vita.

Una delle ultime sere uscendo le ho detto: «Ciao Sonia». Lei come sempre aveva la porta dell'ufficio chiusa, e senza aprirla mi ha risposto: «Ciao Arturo, buona serata». Sono state le ultime parole che ci siamo scambiati. Quando è andata via in compenso si è portata con sé il praticante: questo né lui né Sonia l'avevano detto. Lavorava con noi da anni, e per me era importante; si vede che avevano fatto anche a lui una proposta che non si poteva rifiutare.

Il nuovo studio di Sonia è qui vicino. A volte ci incontriamo, mi volto e non la saluto; anzi, spesso non mi volto e comunque non la saluto. So che lei dice che «umanamente è giusto che ce l'abbia con lei, ma professionalmente no». Forse per capire in cosa consiste la differenza dovrei ricevere anch'io un'occasione che non si può rifiutare.

Naturalmente, quando staccano la luce (e quindi il riscaldamento) a casa (la casa nuova che ho comprato dopo la separazione, vendendo la casa coniugale) è molto peggio di quando la staccano in ufficio: in studio comando io, quindi nessuno mi può dire nulla, mentre in casa devo dare almeno spiegazioni a mia moglie (la seconda, perché la prima se n'è andata in seguito al mancato tradimento confessato e non è più tornata) e ai ragazzi, perché non è divertente in pieno inverno non poter fare una doccia calda o accendere il riscaldamento. Io in quei casi rimedio andando al circolo, ma loro non hanno questa possibilità, quindi si incazzano, anche se gli spiego che la bolletta non è mai arrivata o che si è trattato di un disguido, e che visto che sono un avvocato «prometto di fargliela pagare cara, a quegli stronzi».

Quando finalmente riesco a pagare e a ottenere il riallaccio (a staccare sono velocissimi, ma per riattaccare se la prendono comoda) ammetto in famiglia che la bolletta era arrivata, ma do la colpa alla segretaria, che nonostante le mie precise istruzioni si era dimenticata di pagarla.

Una volta però hanno staccato la corrente a casa quando abbiamo avuto a cena un amichetto di mio figlio Andrea. Per la cena avevo risolto con un paio di pizze, soluzione che tutto sommato ai bambini era piaciuta. Però Stefano, l'amichetto di Andrea, per tutto il tempo non aveva fatto altro che lamentarsi del freddo e chiederci se potevamo per favore (era molto educato, devo dire, un vero principino) alzare il riscaldamento, cosa che ovviamente al momento non era possibile.

Appena finita la cena abbiamo dovuto chiamare i suoi genitori, perché Stefano diceva di sentirsi poco bene. Non l'abbiamo più rivisto. Anzi, sono venuto a sapere che la madre si è lamentata con la mia ex moglie che suo figlio si era ammalato a causa mia.

Ore 9:15. «Gentili collaboratori, anzitutto un ringraziamento per quello che avete fatto finora per rendere possibile "La pagina del condominio" del sabato.

I pezzi da voi inviati tuttavia si stanno esaurendo, per cui vi chiederei di proporre a breve nuovi argomenti per le prossime uscite. Grazie, R.F.»

Ore 9:16. «L'amministratore può sospendere il servizio di pulizie condominiali di fronte all'androne del condomino moroso? Carmen.»

Ore 9:45. «Ottimo, facciamo 4.500 caratteri spazi inclusi più scheda riassuntiva di 1.200 caratteri. R.F.»

Fanculo.

Renato in realtà di pezzi da pubblicare ne ha ancora parecchi, però lo diverte mettere al lavoro i suoi esperti quando si avvicinano vacanze e ponti lunghi di qualunque tipo. È convinto che, a differenza sua che rimarrà a lavorare al giornale tutto il tempo, gli esperti li trascorreranno al caldo in località esotiche o sulle nevi di qualche amena località del Trentino.

Sa benissimo che nessuno gli dirà di no per paura di essere tagliato fuori dal novero degli esperti con aspirazioni di pubblicazione, e spera in questo modo di rompergli le palle almeno un po'.

Pochi giorni dopo aver incontrato il suo precedente legale torno nella società di Pio, la Nuova Farmacia Italiana. L'azienda è nuovissima, altamente tecnologica. Pio l'ha costruita in prima periferia, con i soldi misteriosamente guadagnati all'estero. È il suo vanto, e come suo fratello passa là dentro la maggior parte del tempo.

Al piano di sotto si trova lo stabilimento per la produzione, con macchinari che costano centinaia di migliaia di euro, mentre al piano di sopra, dotato di uno spioncino quasi invisibile, c'è l'ufficio da dove i due fratelli possono controllare in ogni momento (cosa che in effetti fanno) i loro dipendenti.

I muri interni dello stabilimento sono quasi interamente occupati da scritte gigantesche, un'accozzaglia di banalità prese dai testi sacri dei guru dei nostri tempi. Si va dall'immancabile Steve Jobs («Se non avete ancora trovato ciò che fa per voi, continuate a cercare») a qualcosa di Bill Gates, tipo «Se oggi vado a letto non avendo fatto niente di nuovo è un giorno sprecato», per finire (forse perché si tratta pur sempre di un'azienda nazionale) con l'italianissimo Marco Monty Montemagno: «Se la risposta non è semplice allora non è la risposta giusta». Sono sicuro che Pio e il fratello sono i primi a pensare che si tratti di cazzate.

Pio ha impostato la propria attività con un approccio molto aggressivo verso le multinazionali che prima del suo arrivo regnavano quiete e in perfetto accordo nel settore. Tattica che porta avanti soprattutto con il sito, curato dal fratello, i cui contenuti hanno spesso provocato all'azienda più di una querela.

«Pio, è proprio necessario? Non potresti evitare di attaccarli in questo modo?» gli chiedo più di una volta.

Lui risponde sempre allo stesso modo: «È necessario, perché dobbiamo rompergli le palle fino a quando per farmi smettere dovranno o comprarmi o uccidermi».

5

Non sono mai riuscito a liberarmi del tutto dai sensi di colpa per aver menato Pio, tanti anni fa a scuola, e mi sono chiesto spesso se anche lui se ne ricorda. Avevo iniziato a picchiarlo io: prima una testata poi una ginocchiata. Chissà come mi erano venute. Ricordo persino di avergli urlato: «Ora ti ammazzo!», e probabilmente lo avrei anche fatto. Poi un nostro compagno per fortuna ci aveva divisi. Il fratello gemello aveva assistito, ma stranamente non era intervenuto, anche se Pio se la stava vedendo brutta. In compenso quando gli sono passato vicino mi ha sussurrato: «Tanto te la facciamo pagare, Speranza». In cinque anni di liceo non l'ho mai sentito chiamare un compagno per nome, chissà perché.

Pochi giorni fa ho litigato con un perfetto sconosciuto. Gli ho tagliato la strada senza accorgermene. Mi sono avvicinato per scusarmi e quello è sceso dall'auto. Avrà avuto sì e no diciott'anni; io ne ho quasi cinquanta. Prima che la situazione degenerasse si è messa in mezzo la madre, ma risalendo in auto il ragazzino mi ha detto: «E ringrazia che c'è mia madre, sennò ti ammazzavo di botte». Sono sicuro che ci sarebbe riuscito facilmente. Come cambiano le cose, con gli anni.

Tempo fa ci siamo menati, insomma, ma ora con Pio andiamo sempre più d'accordo. Chi l'avrebbe mai detto? Sono da lui quasi ogni giorno, oppure ci sentiamo al telefono in continuazione. Analizziamo le varie possibilità per la sua azienda, che è piena di problemi, derivanti in buona parte dall'essersi apertamente messa contro i poteri forti e le multinazionali che, agendo come un vero e proprio cartello, impongono da anni, attraverso l'uso sapiente di parlamentari che per ragioni che è meglio non indagare gli sono fedeli, un sistema legislativo palesemente ingiusto ma che a loro va benissimo.

Fin da subito Pio ha deciso di sfidarli, e anziché godersi la sua fetta di torta ha intrapreso una serie di azioni legali volte a far dichiarare l'incostituzionalità di diverse leggi il cui unico scopo è tutelare gli interessi delle principali aziende che da anni operano indisturbate.

Quello che ammiro di lui è la totale assenza di fini economici: Pio è già sufficientemente ricco, e in ogni caso la ricchezza non gli è mai interessata, anzi credo la trovi addirittura un po' volgare. Ma non lo fa neppure per ragioni di giustizia sociale, aspetto che lo interessa ancor meno del denaro. Molto semplicemente gli è sempre piaciuta la lotta, e visto che rappresenta l'unico elemento anomalo e incontrollabile del settore, di sicuro ha cominciato a dare molto fastidio. Mi ripete spesso che le multinazionali sono disposte a uccidere per i loro fini, e viste le somme in ballo non ne dubito.

Alla fine delle nostre riunioni presso la Nuova Farmacia Italiana, quando mi riaccompagna all'uscita, mi fa sempre la stessa domanda, con quell'aria triste che ricordo già dai tempi del liceo, forse dovuta all'aver perso da giovane entrambi i genitori in un incidente stradale: «Li vedi ancora i compagni di classe?»

Io gli do sempre la stessa risposta: «Qualche volta Franco e Piero, ma di rado», e il discorso finisce lì.

Pio divide l'azienda e l'ufficio (e in verità qualunque altra cosa) con il gemello. Sono da sempre inseparabili, ma è Pio che prende le decisioni per la società. Anche in mia presenza il fratello sembra disinteressarsi di tutto se non del sito. Si sono separati per un breve periodo solo quando uno è stato in Israele per oltre un anno, mentre Pio è rimasto in Libano dove, così almeno si dice, avevano trovato i legami giusti per costruire la loro fortuna.

Tutto sommato a me non interessa come abbiano fatto i soldi; la cosa importante è che adesso grazie a loro la corrente in studio me la staccano un po' meno spesso, e a volte ho persino i soldi per portare il mio figlio grande, Antonio, alla partita senza dovermeli far prestare da mio padre.

6

Nina, la mia ex moglie, ruba nei supermercati. Dice che siccome non le mando puntualmente i soldi per il mantenimento ha dovuto rubare la cancelleria per la scuola dei nostri figli. In effetti da quando è iniziata la crisi, quella generale e quella personale, non sono quasi mai puntuale con gli alimenti, anche se è una delle prime cose che pago, quando ne ho la possibilità.

Avevamo stabilito l'importo che le avrei dovuto corrispondere «in via conciliativa» quando gli affari andavano bene e dichiaravo centocinquantamila euro all'anno, ma ora che sono passati diversi anni e che dichiaro meno di un terzo, a cui aggiungo quel poco di nero che ancora riesco a fare, non mi va comunque di chiedere la riduzione. Ne avrei tutto il diritto, però poi la mia ex moglie mi scrive che ha rubato la cancelleria per i bambini (non sono più bambini da un pezzo, per la cronaca) e allora rivedo Antonio il primo giorno delle elementari, giorno in cui io, papà neo-separato, non ero presente e lui mi aveva telefonato con il cellulare della mamma per farsi fare gli auguri. Quindi pago gli alimenti e me ne sto zitto, e piuttosto non pago l'iva o l'affitto.

Antonio è il primogenito. Aveva quasi sei anni quando io e Nina ci siamo separati, e ha sofferto. Lo vedo ancora che si volta e mi dice che vorrebbe stare sempre con me e mi chiede perché non sia possibile. Lo vedo che mi guarda con rimprovero, ormai quasi ragazzino, il giorno in cui mi sono risposato, lui da solo in un tavolo della grande sala del palazzo seicentesco dove abbiamo fatto il rinfresco. Quindi pago gli alimenti (se e quando riesco) e me ne sto zitto.

Dopo che ci siamo separati, io e la mia ex moglie per un anno non ci siamo rivolti la parola, o meglio io non le ho rivolto la parola: solo messaggi con il cellulare o mail. Poi, una sera in cui Antonio aveva la febbre non ce l'ho più fatta e sono andato a trovarli per vedere come stava. Da allora ho cenato ogni tanto da loro. Al momento di andarmene però, Andrea, il più piccolo, mi aspettava sempre sulla porta e mi chiedeva di restare. Dopo un po' non ci sono più andato, e soprattutto ho evitato di andarci all'ora di cena, quando erano riuniti attorno al tavolo e c'era sempre un posto vuoto, il mio.

I primi giorni dopo la separazione sono stati durissimi; il peggio è stato vedere i figli, allora ancora piccoli, solo nelle poche ore stabilite dal verbale di separazione consensuale, cioè un fine settimana su due e una sera alla settimana. Il momento più brutto in assoluto era proprio la domenica sera, quando al termine del fine settimana che i bambini passavano con me li riportavo da Nina. Tornare nella casa vuota dopo averli salutati era troppo doloroso, al punto che spesso pur di non rientrare subito facevo lunghe passeggiate (o lunghe soste alcoliche in qualche bar), per far evaporare il piacevole e confortante tepore che restava nella casa dopo che Antonio e Andrea ci erano rimasti per due giorni di seguito.

Ma non c'erano solo i fine settimana da attraversare in solitudine: con qualche trucco, magari alcolico, quelli si potevano superare. Il problema vero erano le vacanze senza i figli, estive o invernali, i Natali e le altre feste. Per quelle non bastava qualche cocktail; quelle erano infinite, e non c'era nulla da fare se non aspettare che se ne andassero da sole, per inerzia.

Non so perché ma mi faceva male immaginare la macchina in cui viaggiavano con un posto vuoto (oppure riempito dal pingue Maurizio, il nuovo fidanzato di mia moglie), quello in cui avrei dovuto sedermi io, uguale al posto vuoto di tante macchine nelle autostrade che portano la gente in vacanza. Mai avrei pensato, da bambino, che la formazione regolamentare nei lunghi viaggi notturni per arrivare al mare, o in qualunque altro posto, potesse essere diversa da padre e madre davanti e figli dietro.

Io e Nina ci siamo lasciati (eccola, la mia cazzata) dopo pochi anni di matrimonio e con due figli piccoli, perché da qualche mese avevo cominciato in segreto a rivedere "il mio grande amore". Una sera (anzi, una notte, e per giunta discretamente ubriaco) tornai a casa da una serata di tango ("il mio grande amore" ballava leggiadra sulle note di Astor Piazzolla, volteggiando per la sala mentre io la guardavo estasiato) e comunicai a Nina che
a) non l'amavo più,
b) la stavo lasciando e
c) amavo un'altra.

Al che uscii di casa, solo per ritornarci dopo poche ore perché "il mio grande amore" mi disse che avevo capito male e che lei non aveva alcuna intenzione di rimettersi con me.

Nei mesi successivi cercai di convincere Nina, e me stesso, che non pensavo quello che avevo detto, e che avevo sempre e solo amato lei, dal che non si capisce (alcol a parte) perché avessi giurato l'esatto contrario qualche giorno prima.

Nello stesso lasso di tempo Nina mi comunicò perentoriamente che

a) ero uno stronzo,
b) non mi amava più e
c) si era rivolta a un avvocato per la separazione, e se cortesemente potevo andare via di casa prima che me lo ordinasse il giudice.

In attesa che venisse fissata la data entro la quale avrei dovuto lasciare la casa coniugale, Nina usciva tutte le sere, e spesso si fermava a dormire fuori pur di non stare con me, che a tempi alterni e a seconda degli stati d'animo le offrivo due scenari. Nel primo mi dicevo sinceramente pentito e ancora innamorato, spesso accompagnando le lacrime di pentimento con gioielli acquistati da un suo parente con pagamenti a rate. Nel secondo minacciavo le terribili conseguenze alle quali sarebbero andati incontro i nostri figli nel vivere una vita senza due genitori uniti.

Una domenica sera, mentre era già sulla porta dopo aver messo a dormire i bambini, tentai una terza via più estrema: mi feci trovare sul balcone (abitavamo al terzo piano) con le gambe a penzoloni, dicendole che se non fosse tornata con me mi sarei buttato giù. Lei uscì ugualmente, pregandomi solo, con voce calma, di avvisare mio fratello prima di compiere il fatale gesto: c'erano pur sempre due bimbi piccoli in casa che stavano dormendo.

Ovviamente non avevo alcuna intenzione di buttarmi. Appena Nina uscì, rientrai in tempo per il posticipo serale di Serie A.

7

Pio oggi in azienda sembra di buon umore, e anche Matteo al circolo sembra di buon umore. Forse oggi siamo tutti di buon umore, forse anche la mia ex moglie è di buon umore, e anche i miei figli e persino il giudice che a suo tempo aveva pronunciato la sentenza di separazione.

«Da quanto siete sposati? Figli? Case o beni di proprietà? Automobili?» Cinque minuti e via, la coppia successiva già aspettava di entrare e prendere il nostro posto. Dolori, errori, gioie, anni di vita insieme, il tutto davanti a un perfetto sconosciuto che aveva il compito, in base alla sua esperienza maturata in mille altri casi più o meno simili, di definire i provvedimenti ai quali gli ormai ex coniugi si sarebbero dovuti attenere per gli anni a seguire, appena usciti da quella stanza.

Adesso che ci penso, durante l'udienza di separazione anche l'avvocatessa di mia moglie pareva di buon umore: «Caro collega, mi spiace moltissimo. Ti capisco», anche se a me non sembrava affatto che mi capisse, e neppure che le dispiacesse particolarmente. Anzi, credo si stesse quasi divertendo, e di sicuro mi guardava con commiserazione, con la faccia di chi pensa «Povero coglione, hai fatto una bella cazzata e adesso la paghi».

Tra le persone che ricordo di buon umore il giorno della separazione c'era anche il nuovo compagno di mia moglie, il cordiale e molto alternativo Maurizio, che l'aspettava amorevolmente all'uscita del tribunale, ansioso di sapere quanti alimenti avesse liquidato il giudice in loro favore. Quella discreta somma avrebbe permesso alla nuova coppia una più serena convivenza.

Sì, Pio sembra decisamente di buon umore, ma quando il fratello esce e restiamo da soli capisco che non è così. Mi dice che le banche gli stanno facendo un sacco di storie perché da troppo tempo è fuori di molto sui fidi e non riesce a rientrare. Mi dice anche che, data la situazione, la banca dove ha quasi tutti i conti gli ha imposto di rivolgersi a un professionista di loro fiducia per preparare un piano di ristrutturazione, in modo da ripianare almeno in parte i debiti.

La prima caratteristica dei piani di ristrutturazione è quella di essere costosissimi, un peso economico del quale si deve fare ovviamente carico il debitore. La banca non tira fuori un centesimo, infatti, con l'ovvio risultato di indebolire ancora di più proprio chi in teoria dal piano dovrebbe essere salvato. I costi in realtà sono dovuti non tanto all'attività svolta, di fatto molto limitata, bensì a chi la compie, perché a preparare il piano sono chiamati professoroni e avvocatoni, unici professionisti di cui in questi casi la banca si avvale, secondo un ben consolidato gioco delle parti.

Altra caratteristica del piano sono i tempi lunghissimi, quando in realtà con un po' di buon senso basterebbero pochi incontri per chiuderlo. Ma professoroni e avvocatoni devono pur giustificare le laute parcelle che il debitore, sempre più ingobbito, dovrà onorare.

Alla fine della procedura i possibili scenari sono due: o la società debitrice fallisce perché non ci sono i presupposti per l'adozione del piano (ovvero la banca ha deciso di farla fallire) o il piano riesce e la società diviene di fatto proprietà della banca.

Si deve anche tener presente, per avere un'idea chiara della situazione, che il principale creditore della società indebitata è proprio la banca, che applica prestiti a tassi vergognosi, ai limiti dello strozzinaggio. In sostanza con il piano alla società già in difficoltà viene prestato altro denaro (a tassi sempre più insostenibili) che non sarà mai possibile restituire, sino a quando la società non potrà più fare un passo senza che glielo ordini la banca.

Dopo anni di crediti andati in sofferenza e di tasse pagate a fatica, se l'azienda è di certe dimensioni, con ogni probabilità la aspetterà il piano oppure qualche forma di concordato, procedura dove l'unica cosa certa è la mancata soddisfazione, se non molto parziale, dei creditori. Banche escluse, ci mancherebbe.

Il piano ha infine un'ultima caratteristica, non meno importante delle precedenti: si chiude solo nei tempi e nelle modalità stabilite dalla banca.

Il professionista al quale si è rivolta la banca e che andiamo a trovare nel pomeriggio è ovviamente di "chiara fama", categoria che definisce una persona che ce l'ha fatta e che per questo mostra disprezzo (o almeno avversione) verso tutti quelli che non sono suoi simili, cioè i professionisti imprenditori medici scienziati piloti d'aereo, insomma i membri di qualunque altra categoria lavorativa purché risplendenti di "chiara fama".

Il disprezzo manifestato non è un concetto astratto bensì qualcosa di concreto, reale e ben visibile, sbattuto in faccia in ogni momento e nel corso di ogni incontro come prezzo da pagare per essere ammessi senza averne titolo alla presenza di professionisti che normalmente quelli come me non avrebbero diritto di frequentare.

Ho capito che non sarei mai diventato un professionista di "chiara fama" molti anni fa quando, pur frequentando le stesse scuole dei futuri professionisti ricchi e celebri, mi è apparso da subito evidente che non avrei raggiunto alcun tipo di "notorietà" e non avrei fatto parte di quella ristretta cerchia. La stessa consapevolezza a parti invertite, del resto, devono averla avuta sempre anche loro, perché con un istinto infallibile si riunivano esclusivamente tra pari, accettando la mia inevitabile compagnia solo nel corso delle noiose ore scolastiche o quando proprio si doveva raggiungere il numero sufficiente per partecipare al torneo di calcio della scuola. Ma a parte il fastidio epidermico di incontrarli qualche volta nei loro bei vestitini nei corridoi del tribunale, tutto questo non mi ha mai fatto né caldo né freddo. Viviamo in mondi paralleli, e a me il loro non è che piaccia poi tanto.

Quindi non sono diventato un professionista di "chiara fama", ma ho comunque una solida preparazione universitaria alle spalle e sono un buon avvocato che almeno all'inizio dell'attività ci ha creduto.

Dev'essere successo qualcosa tra Carmen e Renato, perché lei ha proposto a distanza di pochi minuti due diversi argomenti per un articolo: «La responsabilità penale dell'amministratore di condominio nel caso di caduta del condomino dalle scale» e «Il pignoramento del conto corrente condominiale». Entrambi sono stati giudicati privi di interesse da Renato. Sono preoccupato per lei.

Carmen ci riprova il giorno dopo: «La modifica delle tabelle millesimali: maggioranze necessarie».

Nessuna risposta da Renato.

È finito l'amore, non c'è dubbio.

8

Come ho scoperto presto, una volta alleviato il dolore per la separazione che nei primi mesi mi ha tolto il respiro, la mia imprevista situazione di padre neo-separato dall'aspetto sportivo e all'apparenza abbiente ha avuto anche i suoi lati positivi, come il poter attingere per il tempo libero alle due categorie femminili ben definite che a quanto pare sono destinate a quelli come me: le neo-separate e/o divorziate e le donne sposate disposte a tradire il proprio marito.

Al di là di alcune importanti differenze, le due categorie avevano un punto in comune: la sostanziale difficoltà a trovare un momento per vedersi con il partner. Gli incontri dovevano tener presente, a seconda dei casi, dell'assenza del marito, della presenza dei figli e della coincidenza dei giorni di affidamento di entrambi i genitori neo-separati. Insomma, un casino.

Pur frequentandole entrambe, per indole ho sempre preferito le neo-separate. Le mogli infedeli mi intristivano profondamente: non potevo fare a meno di pensare alle scuse patetiche che avevano dovuto accampare con il marito, se non con i figli, per frequentare un perfetto sconosciuto.

Il mio periodo di disimpegno in ogni caso è durato giusto un paio d'anni, il tempo trascorso dal repentino allontanamento della prima moglie all'arrivo imprevisto e imprevedibile della seconda. La cosa strana tra l'altro è che Diletta non è una neo-separata con figli (o almeno un marito) alle spalle, bensì una bella ragazza di tredici anni più giovane di me.

Va da sé che non appartengo neanche lontanamente alla categoria di uomini che i genitori si sarebbero augurati per la loro adorata figliola, con la quale ancora oggi c'è un reciproco e quasi morboso attaccamento. Cosa loro pensassero di me, qualora ci fossero mai stati dubbi, mi fu del resto manifestato con estrema chiarezza dalla madre quando, dopo circa sei mesi che ci frequentavamo, cedette alle insistenze della figlia e accettò di incontrarmi con tanto di invito a pranzo: «Nessuna famiglia vorrebbe in casa uno come te». Queste le parole esatte che mi disse più o meno tra il primo, cavatelli con polpette, e il secondo, coniglio con peperoni, e che da allora appena posso rinfaccio a mia moglie, nonostante lei ancora oggi si inventi qualunque scusa per giustificare la madre o semplicemente neghi di averle sentite.

Io invece le ho sentite e le ricordo benissimo, così come ricordo che né il padre né il fratello di Diletta si scomposero minimamente e nemmeno abbandonarono il loro bel piattone di pasta. A distanza di anni, quelle parole e il silenzio di contorno che quel giorno mi è stato servito a tavola non hanno smesso di provocarmi rabbia. Per questo, appena sposati, quando invitavamo a pranzo quelli che erano diventati i miei suoceri e che ormai mi avevano accettato e quasi mi dimostravano affetto, mi piaceva trattarli in modo sgradevole, anche se purtroppo non ho mai potuto farlo con la libertà che avrei voluto per non causare le ire di mia moglie.

Non volevo neanche che la cosa fosse troppo evidente, perché così sarebbe finito il gioco. Inoltre se li avessi trattati troppo male avrei corso il rischio che mia moglie non mi avrebbe perdonato, o peggio ancora che loro si sarebbero rifiutati di salire da noi un paio di domeniche al mese, privandomi così del piacere di averli ospiti a pranzo.

Il mio comportamento (odioso, lo ammetto) era principalmente rivolto a mia suocera, che di sicuro ne soffriva più del marito. In fin dei conti era a lei che dovevo quella frase particolarmente infelice della quale non si era mai scusata, ed era lei che sotto sotto, nonostante le apparenze, continuava a rimpiangere il principe azzurro, l'ex fidanzato che la figlia aveva inopinatamente lasciato quasi sull'altare per mettersi con me.

Per rendergli il pranzo indigesto avevo escogitato un metodo che almeno per le prime volte funzionò alla perfezione. Aspettavo che il padre di mia moglie chiedesse, come faceva sempre per pura gentilezza: «Arturo, come va il lavoro?» A quel punto passavo all'azione. Ho sempre detestato parlare di lavoro, non ho mai voluto sembrare un esaltato come certi miei colleghi che non parlano d'altro, e poi le mie cause riguardavano argomenti come il sottotetto condominiale, non proprio il delitto del secolo. A mio suocero invece di rispondere «Tutto bene, grazie», come facevo di solito, raccontavo un caso complicatissimo, con dozzine di termini giuridici incomprensibili, per poi voltarmi verso mia suocera e godere del suo imbarazzo quando le chiedevo cosa ne pensasse, precisando che tenevo molto alla sua opinione. Smettevo di tormentarla solo quando l'intensità dei pizzicotti di mia moglie sotto il tavolo diventava insopportabile. Purtroppo a un certo punto hanno mangiato la foglia, e durante i pranzi nessuno ha più voluto informarsi sul mio lavoro.

I rapporti con mia suocera recentemente sono molto migliorati. Ho cominciato persino a farle il regalo di Natale, esattamente quando ha smesso lei. Giusto per farla sentire in colpa.

Il professionista di fiducia incaricato dalla banca di predisporre il piano di ristrutturazione è Raniero Delbech, un notissimo commercialista mezzo svizzero con studio anche a Lugano, dove si reca i primi giorni di ogni mese. Al primo appuntamento ci fa aspettare oltre mezz'ora nella sala d'attesa del suo ufficio in pieno centro, enorme, con installazioni d'arte contemporanea degne del Moma.

Mentre Pio consulta come sempre il suo iPad nella speranza di nuovi ordini da parte dei clienti (ultimamente sempre più rari), osservo sulle pareti le foto di Delbech impegnato a bighellonare in giro per il mondo oppure in compagnia di altre persone, con volti da bravi missionari e vestiti di tutto punto da perfetti esploratori, circondato da bambini africani denutriti e vestiti di stracci.

La cosa che più mi colpisce di quelle foto è che

Delbech, in qualsiasi angolo del mondo si trovi, non rinuncia mai alla sua impeccabile eleganza, ma semplicemente la adatta al luogo in cui si trova: in tenuta subtropicale sul Rio delle Amazzoni, in lussuosi caftani ricamati in Arabia Saudita.

Non so perché, ma guardando in quelle foto il profilo affilato e il volto da uccello del dottor Delbech mi viene da pensare che, nonostante il successo e (immagino) la ricchezza, debba essere stato un bambino molto triste, con un padre assente e una madre apprensiva che non sapeva difenderlo dalle cattiverie gratuite degli altri bambini. Qualcosa in ogni caso che giustifichi lo stronzo che sono sicuro è diventato.

Delbech è alto e magro, non indossa bretelle rosse e non si presenta in maniche di camicia ma in giacca, sicuramente cucita su misura, e cravatta perfettamente abbinata. Dopo un saluto che non finge nemmeno di essere cordiale (Delbech per fortuna evita le strette di mano; stringere quelle dita dinoccolate e lunghissime mi farebbe effetto) e ricevendoci direttamente in sala d'attesa, e non nel suo ufficio o in sala riunioni come mi sarei aspettato, ci spiega in pochi minuti in cosa consiste il suo incarico.

«La banca mi ha chiesto di verificare, esaminando i libri contabili e la situazione economica e finanziaria, se la Nuova Farmacia Italiana possa risollevarsi o no. In caso di risposta positiva verrà ristrutturato il debito e saranno concordate nuove scadenze con i creditori.»

In caso di risposta negativa, ma questo Delbech non lo dice perché non ce n'è bisogno, la Nuova Farmacia Italiana fallirà. Pio resta senza parole, quindi rispondo io, tanto per dire qualcosa: «Quanto tempo ci vorrà secondo lei per un primo esame?»

«Di solito ci vogliono alcuni mesi, ma dipende anche da quanto collaborerete nel fornirci i dati necessari.»

Capisco che il colloquio è finito; da noi non si aspetta alcuna replica.

Pio si riprende: «E se non accetto? Cosa succede?»

«La banca si troverà costretta a revocare subito i fidi e a promuovere l'esecuzione forzata nei confronti della sua società, nonché nei confronti dei fideiussori, cioè lei e suo fratello.»

Tradotto in italiano: gli porteranno via tutto, ma anche questo Pio lo capisce senza che Delbech debba spiegarglielo.

Dopo averci ben chiarito come stanno le cose, cioè che la vita della Nuova Farmacia Italiana dipenderà esclusivamente dalle sue valutazioni future, Delbech ci accompagna personalmente alla porta, perché siamo pur sempre tra professionisti e non può demandare il compito a una segretaria. Ma si vede lontano un miglio che secondo lui io sono un professionista di serie Z, e che quella porta la vuole richiudere il prima possibile.

9

Il problema con le banche è sempre lo stesso: non ti chiedono cosa vuoi fare, ti dicono cosa devi fare, senza mettere in discussione neppure per un momento che la decisione che conta, l'unica, è la loro. In questo Delbech è la perfetta emanazione della banca che rappresenta. Da come ci ha trattato si capisce benissimo che il nostro non sarà mai un rapporto tra pari, ma che semplicemente lui ordinerà e noi obbediremo.

In questo suo atteggiamento, a partire dalla magrezza quasi ascetica, dalla barba molto curata, dalla postura, dal porsi sempre di profilo davanti all'interlocutore senza mai fissarlo negli occhi, persino dal modo di muovere impercettibilmente le mani tanto lunghe (è alto quasi due metri) e magre quanto ben curate, ho riconosciuto e ammirato i risultati di un'evoluzione che sicuramente è iniziata molti anni fa sui banchi di scuola, per arrivare al perfetto esemplare di professionista di successo che oggi Delbech indubbiamente è. In sostanza, quando tutti noi, me compreso, giocavamo e facevamo i cazzoni, il Delbech giovane si esercitava a diventare il Delbech di oggi.

Appena usciti da lì Pio mi dice: «Tanto non lo faranno mai. Bluffano». Che poi è il modo che ha sempre avuto nell'affrontare le cose: portarle all'esasperazione finché è possibile.

Io però non penso affatto che bluffino, così gli rispondo: «Non so, Pio. Può darsi, però fino a quando l'azienda non si riprende facciamo quello che chiedono, ok? Mettiti a disposizione e vediamo cosa succede, così la banca sta tranquilla».

Non mi sembra affatto convinto. «D'accordo, facciamo così. Domani chiama questo Delbech e digli che accettiamo di fargli visionare i libri sociali e il bilancio della società. Però io il piano di ristrutturazione non lo accetterò mai.»

Per Pio la situazione è diventata insopportabile. A lui del denaro non importa molto, tanto è vero che nell'azienda ha investito, rimettendoci, cifre colossali, che se solo avesse tenuto per sé basterebbero a vivere di rendita per generazioni. Ma del suo amor proprio gli importa eccome, e non accetta nel modo più assoluto che ci sia chi si permette di trattarlo come una semplice e inutile pedina di un gioco che lui non può controllare. Il problema non sono i soldi, e forse non è neppure l'azienda: sono convinto che potrebbe perdere entrambi e ricominciare da zero con suo fratello, come ha fatto anni fa in Libano. Il vero problema per lui è dover venire a patti, o anche solo confrontarsi, con quei poteri forti che ha sempre disprezzato, e che ora si trova di fronte materializzati in una persona come Delbech.

Quello che traspare da Delbech, ma prima ancora dal suo studio in pieno centro, dalle segretarie freddamente gentili ma incolori che incontri nei corridoi e dai suoi tristi e spenti collaboratori che assistono alle riunioni senza dire una parola, è che lui ce l'ha fatta e noi no. Per Delbech il lavoro e il successo sono tutto. Il fatto è che per raggiungerlo (e mantenerlo) deve occuparsi di piani di ristrutturazione, quindi ha bisogno di noi come noi di lui. Questo è il suo punto debole, e Pio è troppo furbo per non averlo intuito, nonostante i tentativi di intimidazione di cui è fatto oggetto.

Pio è molto intelligente, ma di un'intelligenza che tiene per sé, nascosta dietro una finta imperturbabilità tradita solo da improvvisi lampi dei suoi occhi azzurrissimi. Ha costruito un piccolo impero senza rispettare le regole, o rispettando regole che conosce solo lui.

Raniero Delbech e Pio si sono odiati dal primo sguardo. Non potrebbero essere più diversi: il primo non fa che rimarcare con ogni suo gesto lo status sociale di assoluto benessere e prestigio che ha raggiunto negli anni, sicuramente a prezzo di molti sacrifici, mentre Pio fa di tutto per sembrare meno ricco e potente di quello che è, girando rigorosamente con auto di piccola cilindrata prese in affitto (non penso che abbia mai avuto un'auto di proprietà) e vestendosi in modo semplice e informale.

Mentre mi accompagna alla metro mi sembra molto turbato, anche se cerca di non darlo a vedere. Aggiunge solo che quel Delbech è una testa di cazzo e che lui non farà mai nulla di quello che gli chiedono lui e la banca che gli ha dato l'incarico, e che il piano di ristrutturazione possono ficcarselo su per il culo. Subito prima di salutarci mi domanda per l'ennesima volta se vedo ancora gli altri e come stanno.

«Qualche volta e abbastanza bene, credo» gli rispondo. Poi me ne vado a prendere la metro, e penso che tra poco, se lui fallisce, ricominceranno a staccarmi la luce con una certa frequenza.

Renato adora quel momento del mattino quando è solo in ufficio. Arriva sempre molto presto, mai dopo le otto, anche se potrebbe benissimo arrivare alle undici, più o meno come tutti i suoi sette compagni di redazione. Ma è un ex alpino, e ci tiene molto alla puntualità e all'ordine che ha imparato da soldato. Arrivare prima gli permette di stare da solo e tuffarsi nel progetto segreto che porta avanti all'insaputa dei colleghi. Un alpino in Piemonte, *lo ha intitolato, e racconta i posti visitati e le avventure vissute negli anni che considera i più belli della sua vita, prima che arrivassero moglie e figli a complicare tutto.*

L'ufficio non è particolarmente bello, è il solito open space, ma a lui piace perché è luminoso.

Renato ha iniziato a lavorare al giornale parecchi anni fa, subito dopo la laurea in legge. In passato ha trovato il lavoro noioso, anche perché vista la passione per la letteratura aveva sperato di entrare nella redazione culturale, da sempre il fiore all'occhiello del quotidiano. Da quando si occupa della "Pagina del condominio", però, le cose sono migliorate. Quel ruolo di domatore di leoni che gli è stato affidato lo diverte molto; soprattutto gli piace vedere come quei più o meno illustri avvocati, professori universitari e giudici di Cassazione sgomitino tra loro nella speranza di essere i prescelti per il pezzo principale "su carta" del quotidiano (esiste anche una versione online, considerata però molto meno prestigiosa).

«Come stanno gli scassacazzo, oggi?» gli chiede spesso F.G. il venerdì sera, quando sa che Renato deve scegliere i pezzi per il giorno dopo.

«Come al solito. Oggi mi sa che faccio scrivere di nuovo Carmen.»

Gli scassacazzo (così definiti perché in effetti il cazzo lo scassano parecchio, con le loro proposte che mandano incessantemente via mail al giornale nella speranza di essere pubblicati) sono i venti esperti di diritto condominiale che Renato stesso ha selezionato con molta pazienza in diversi anni di lavoro, scegliendo tra quelli che gli sembravano i più bravi proposti dalle varie associazioni di categoria, con un occhio particolare alle quote rosa. Purtroppo, come ama ripetere ai colleghi, «non esiste una sola donna carina che si occupi di diritto condominiale». A parte Carmen, naturalmente.

Renato da un po' di tempo è arrabbiato anche con lei, perché dall'ultimo promettente incontro al convegno «Perché parliamo di condominio?» lei non si è più fatta sentire, eludendo i suoi nemmeno troppo velati tentativi di traghettare la loro conoscenza al di là del normale rapporto tra collaboratore e redattore del quotidiano.

F.G., che conosce bene la passione del suo capo per il gentil sesso, gli chiede spesso: «Allora, Renato, te la sei fatta finalmente la super esperta di condominio?»

No, Renato non se l'è ancora fatta, la super esperta di condominio, e proprio per questo, dopo aver privilegiato per anni i suoi contributi (non sempre impec-

cabili, peraltro) a discapito di pezzi di qualità ben superiore che gli giungevano da altri esperti, tra i quali alcuni ex giudici della Corte di Cassazione, ha deciso che di qui a poco smetterà di pubblicarla.

«Quasi... quasi» gli risponde, o a seconda dei momenti (e dell'umore): «Fatti i cazzi tuoi».

10

Ho cominciato a bere da giovane. Sembrava divertente, e probabilmente a volte lo è stato davvero. Niente droga o sigarette, però vino, birra e superalcolici sì e a volontà, alle feste e sempre più spesso anche da solo. Se bevevi nessuno ti diceva niente, neanche i genitori; bastava non farsi vedere troppo spesso ubriaco.

Erano gli anni terribili della droga. I figli dei ricchi e dei meno ricchi che ci finivano dentro morivano per overdose, o facevano cose terribili a sé e agli altri. Ricordo tanti amici del tempo, tutti morti per una dose sbagliata o per una dose in più, o magari spariti per anni, internati in rifugi per ricchi o mandati in chissà quali Paesi lontani per proteggersi da se stessi prima ancora che dagli altri. Tutti morti anche loro, e chi non è morto è tornato peggio di com'era partito. Non uno che si sia salvato dalla droga una volta che aveva cominciato, non uno che sia tornato sano, con dentro delle ferite che non sono mai guarite e che vedo ancora adesso negli occhi dei cinquantenni sopravvissuti, come se avessero dentro un buco che non si potrà riempire.

A me più di tutti è dispiaciuto per Angelica, una ragazza bellissima che una sera a una festa ero persino riuscito a baciare. Poi non l'avevo più cercata, perché sapevo che tanto era stata una cosa così. A lei toccò il Canada, dove i genitori avevano dei parenti. Dopo quattro anni tornò in Italia per le vacanze invernali e rivedere la famiglia. La sera del 24 dicembre uscì per incontrare i vecchi amici; non si faceva più, quindi non c'era motivo di negarglielo. La trovò il padre, la mattina dopo, morta per overdose. I suoi vecchi amici non erano cambiati, e a quanto pare neanche lei.

Pio non si è mai drogato, e di sicuro non ha mai bevuto; ancora adesso è astemio, anche se mi racconta che in Libano alle cene di lavoro era costretto a buttare giù un bicchiere dopo l'altro di arrak.

Quando vado in azienda qualche volta incontro Fabio, il rappresentante legale della società, che in verità sarebbe il fattorino nonché l'autista di Pio e del fratello. Avendo avuto problemi con la giustizia in Libano, infatti, loro due preferiscono non ricoprire cariche societarie.

Fabio un giorno mi ha detto che è contento che ci sia io, perché lui a Pio vuole bene, e da quando sono diventato il loro avvocato, nonostante le difficoltà dell'azienda, lo vede più tranquillo. Anch'io in effetti sono più tranquillo: per la mia attività professionale, nonché per rispondergli «Quasi nessuno, a volte Franco e Piero» alla domanda «Chi vedi ancora dei compagni di classe?» mi riconosce puntualmente un discreto importo mensile. Anche la mia ex moglie è tranquilla, perché gli alimenti le vengono versati con maggior regolarità rispetto al passato.

E tutto sommato anch'io voglio bene a Pio e lo stimo; non mi interessa cosa si dice di lui o di come ha costruito la sua fortuna. Anzi, a me piace proprio per questo, perché non si vanta dei soldi che ha («Sono spiccioli» come dice sempre), e perché per lui il denaro non ha mai contato molto; a lui piace la lotta, l'adrenalina che gli dà cercare sempre nuove sfide, senza mai piegarsi a fare quello che sarebbe giusto e conveniente in una città come Torino, dove lui rappresenta una scheggia impazzita, dalla fortuna inaspettata quanto misteriosa.

Pio è l'ex compagno di classe del quale nemmeno ti ricordavi, quello che stava sempre in silenzio, che nessuno ha mai visto con una ragazza, e che tanti anni dopo torna dal Libano ricco sfondato, con il suo nome su tutti i giornali ma in fondo senza essere cambiato.

Dopo un po' in azienda però Fabio non lo vedo più. Alle mie domande Pio risponde che ha dovuto allontanarlo perché ha fatto una cazzata e perché chiacchierava troppo, ma cosa sia successo esattamente non me lo vuole dire. Del resto con Pio succede spesso: si circonda per anni di collaboratori e consulenti che poi allontana all'improvviso, senza una spiegazione e senza provare apparentemente il minimo rimorso.

Fabio una volta mi ha detto anche un'altra cosa: «Facci caso, Pio e il fratello possono diventare pericolosi solo quando le cose gli vanno bene».

Non ho capito se scherzasse o dicesse sul serio, ma

per ora alla Nuova Farmacia Italiana e a Pio le cose non potrebbero andare peggio: siamo letteralmente nelle mani delle banche e del loro rappresentante in Terra, il dottor Delbech. Quindi almeno su questo versante non corro rischi.

11

Ieri Renato mi ha chiamato (circostanza più unica che rara) quando stavo uscendo dallo studio già con il casco della moto in testa, per dirmi che il giorno dopo, cioè oggi, sarebbe uscito con un mio pezzo, ma che dovevo allegare le sentenze citate nell'articolo. Nel cercare le sentenze mi sono accorto che un articolo sullo stesso argomento, Il rappresentante del super condominio alle assemblee straordinarie, *molto simile al mio, è già stato pubblicato circa due mesi fa sul nostro giornale da S.S., un collega decisamente più bravo e famoso di me. Avrei dovuto segnalare la cosa a Renato e rinunciare alla pubblicazione del mio pezzo. Non gli ho detto nulla e il pezzo oggi è puntualmente uscito. Ottimo.*

«Buonasera, avvocato.»

«Buonasera, dottore. Mi dica.» Veder comparire il suo nome sul cellulare e sorbirmi quel tono sempre vagamente canzonatorio mi mette agitazione, anche perché a volte sembra si diverta a infierire chiedendo approfondimenti su un pezzo appena mandato, che io generalmente non sono in grado di dargli.

Insiste un po', giusto per il piacere di umiliarmi e

farmi capire che se noi siamo gli esperti è pur sempre lui a decidere chi pubblicare. Poi, una volta ottenuto il suo scopo, chiude con lo stesso impeccabile «Buonasera avvocato» con il quale comincia la telefonata.

Vaffanculo dottore, gli vorrei rispondere.

Del resto da quando il mio cliente principale, una multinazionale con diramazioni un po' ovunque nel globo, mi ha mollato facendomi diventare un avvocato fra i tanti, quella di scrivere su un noto giornale economico oltre che la mia passione è ormai la mia unica possibilità di giocare in Champions, mentre per il tipo di incarichi che ricevo ultimamente (a parte Pio) è chiaro che al momento mi affatico sui campi spelacchiati e molto meno rassicuranti della Serie B o C, e che la Serie A non la vedrò per un bel pezzo. Figuriamoci la Champions.

Il giorno stesso della mia gloriosa rentrée sulle prestigiose pagine di uno dei principali quotidiani nazionali mi chiedono soldi, nell'ordine:

a) la mia ex moglie, che deve versare la caparra per le vacanze estive sue e dei ragazzi,
b) la mia attuale moglie, che deve assolutamente cambiare il divano in salotto «che non ce la fa più»,
c) il secondogenito Andrea, a cui ho promesso il motorino per la promozione e purtroppo ce l'ha fatta (a giugno, tra l'altro, neppure a settembre),
d) la banca, per lo sconfino che ha raggiunto livelli imbarazzanti, e infine
e) alcuni creditori minori che non prendo neanche in considerazione.

Soldi sul conto non ne ho, quindi non pago nessuno, però nell'ordine dico

a) alla prima moglie che sto aspettando un bonifico e le darò un acconto quanto prima,
b) alla seconda che purtroppo la Borsa sta andando male e quindi non posso disinvestire i titoli per comprare il divano, e
c) ad Andrea che non mi ricordo di avergli fatto nessuna promessa, ma che se anche l'anno prossimo sarà promosso certamente me ne ricorderò e gli comprerò il motorino.

Alla banca e agli altri creditori nemmeno rispondo.

A volte mi sembra di essere Hailé Selassié: almeno a quanto racconta Kapuściński, negli ultimi anni della sua vita (non si sa quanto rincoglionito ma di sicuro molto vecchio) dava ragione a chiunque gli chiedesse qualcosa, che fossero gli studenti, che stavano mettendo a ferro e fuoco il Paese di cui lui era capo supremo, o la cerchia ristretta dei suoi fedeli collaboratori, che cercavano invece di lasciare le cose come stavano. Dava ragione a chiunque purché lo lasciassero in pace almeno per un momento, forse perché sapeva che tanto non avrebbe mai potuto accontentare tutti, e quindi tanto valeva dire sempre sì.

Mi sento un po' così, quindi dico a tutti che li pago, poi non lo faccio o lo faccio solo in parte e quando proprio mi mettono alle strette. Tanto ormai è chiaro che i soldi per pagare tutti i creditori non li avrò mai, e che d'ora in poi sarò sempre debitore di qualcuno. Del resto anche i clienti con me fanno così, che siano realmente in crisi o che facciano finta per approfittarsene e non pagarmi, quindi non mi faccio tanti problemi e dico sì a tutti, poi pago quando posso. E qualcuno non lo pago per niente.

A pochi giorni dall'ultimo incontro Pio mi dice che dobbiamo tornare da Delbech: siamo sempre noi ad andare da lui e mai lui da noi, secondo la regola non scritta che prevede che tra i professionisti sia il più sfigato a dover muovere le chiappe e andare a far visita all'altro. Nel corso delle riunioni vengono più che altro proiettate infinite slide contenenti cifre riferite all'azienda di Pio, nonché i numeri che servirebbero per sopravvivere e il business plan che la banca dovrebbe approvare per permettere il prosieguo dell'attività.

Già dopo i primi incontri, ormai quasi settimanali, si capisce benissimo che alla banca, che ogni tanto manda un proprio rappresentante a partecipare alle riunioni, della Nuova Farmacia Italiana non frega assolutamente niente, ma che si sta decidendo, presumibilmente con l'apporto di Delbech, se conviene (alla banca, è ovvio) far fallire Pio o piuttosto prendersi la sua società, magari mandando avanti qualche intermediario.

Di sicuro uno a cui non frega nulla della società è Delbech; il suo cliente d'altronde non è Pio (che continua a disprezzare e allo stesso tempo a non capire) ma la banca, che gli ha detto di vedere se e in che modo si possono salvare i loro investimenti. Infatti partecipa agli incontri sempre più di rado, e solo quando c'è qualche rappresentante della banca, al quale riserva una gentilezza pari all'arroganza con cui invece tratta noi (me un po' di meno, per il semplice motivo che neppure mi considera: forse ritiene la mia presenza del tutto superflua, cosa che dal suo punto di vista non è neppure così sbagliata). Ci lascia nelle mani dei suoi assistenti, che da bravi soldatini il più delle volte si limitano a leggere con voce monocorde i dati incomprensibili e sempre più astratti che compaiono nelle slide.

Le poche volte che viene agli incontri, Delbech pretende in compenso che gli si faccia subito il riassuntino, e dalle parole dei suoi attendenti si capisce benissimo che nessuno sa minimamente di cosa stiamo parlando: a forza di preparare slide piene di numeri ci siamo allontanati dai problemi reali dell'azienda, dei quali in teoria ci dovremmo occupare.

Le riunioni si riducono a un rosario di numeri, snocciolati dall'assistente di turno, a cui nessuno presta attenzione. Io interrogo via sms Andrea per sapere se purtroppo a scuola va sempre tutto bene, e Antonio se va sempre tutto male. Pio secondo me risponde alle mail. Delbech, le poche volte che partecipa, guarda infastidito il video del computer per qualche minuto.

C'è poi un secondo tipo di incontri, meno frequenti, ai quali partecipano solo i consulenti delle due parti e durante i quali si dice che cosa è disposta a fare la banca per chiudere l'accordo, ovvero quanto sconto e quale piano di rientro intende concedere a Pio a seconda della credibilità del business plan che stiamo preparando. Proprio durante uno di questi incontri i consulenti, invitati dallo stesso attestatore del piano, Delbech, devono indicare il proprio compenso, che se il piano va in porto rientrerà nel debito che Pio dovrà restituire alla banca; questo per evitare che siano gli stessi professionisti, ad accordo raggiunto e qualora non vengano pagati, a rendere tutto inutile agendo contro la società per ottenere il pagamento del proprio credito. Questa, guarda caso, è l'unica riunione in cui l'interesse di tutti si risveglia.

I professionisti della banca sottolineano senza alcun pudore, «considerata l'entità del lavoro» e la «complessità della materia», l'importanza del loro emolumento, e a scanso di equivoci si fanno firmare da Pio un regolare contratto di incarico. Io resto dell'idea che se solo si volesse davvero trovare un accordo si risolverebbe tutto in pochi minuti; comunque indico a mia volta un importo che sia di poco inferiore a quello degli altri, e non mi viene neanche in mente di chiedere a Pio di firmarmi un contratto. A me la sua parola basta, sono suo amico prima ancora che suo avvocato. Alla fine Delbech prenderà quattrocentomila euro, gli altri duecentocinquantamila a testa. Io ne chiedo duecentoventimila.

Mentre pronuncio questo numero, penso che quei soldi non li vedrò mai, perché l'accordo non si farà e poi sono troppi per essere veri. Però è bello sognare almeno una volta, una sola, di avere la possibilità di prendere una cifra del genere.

I consulenti incaricati dalla banca, due avvocati esterni più un funzionario interno, meriterebbero un trattato a sé: così minacciosi quando si parla dei soldi degli altri (quelli che Pio deve alla banca) e così indulgenti, quasi amichevoli, quando si parla di quelli che i consulenti dovrebbero prendere al concludersi di questa operazione. Uno dei legali alla fine di una riunione mi avvicina per sapere se conosco questo e quell'altro grande studio legale in città. Più che altro credo che non si spieghi come sia possibile trovare al tavolo per una trattativa del genere un avvocato di medio livello come me, e che quindi voglia capire da dove salto fuori. Comunque gli rispondo che conosco tutti, un po' perché mi vergogno di dirgli il contrario e un po' perché effettivamente li conosco, e proprio per questo mi stanno sulle palle da anni.

A un certo punto, per disperazione, mi chiede: «Ma tu da chi hai fatto la pratica forense?»

«Di fatto da nessuna parte. Mi sono messo per conto mio appena superato l'esame.»

Mi guarda inorridito, anche se ci tiene ad aggiungere: «Io ho cominciato da Clifford Chance. Poi sono diventato prima junior partner e poi senior di Badini Ansaldi Re Studio Associato». Come se non bastasse infierisce precisando: «Da alcuni anni ho anche un incarico come associato alla Bocconi».

Il tizio mi sta decisamente antipatico (ora che siamo vicini vedo che anche lui porta un paio di bretelle che gli comprimono la pinguedine all'inverosimile), quindi decido di provocarlo e replico: «Allora siamo praticamente colleghi! Io insegno qualche volta ai corsi per diventare amministratore di condominio».

Nel dubbio che lo stia prendendo per il culo mi dice solo: «Be', non proprio colleghi», e finalmente si allontana per raggiungere gli altri.

Non credo che Carmen sarebbe disposta a incontrarmi. Tra noi autorevoli esperti non ci sono rapporti diretti ma solo comunicazioni inviate a Renato di-

rettamente e per conoscenza agli altri sapienti. Però giuro che oggi avrei pagato per vedere la sua faccia quando ha proposto «La possibilità per il giudice di condannare il condomino al pagamento delle spese legali se si chiede la revoca giudiziale dell'amministratore» e Renato le ha risposto «Non vedo un grande interesse».

Un attimo dopo propongo «L'azione possessoria nella tutela delle condotte fecali condominiali». Incredibilmente Renato approva subito, e mi chiede di fare un pezzo anche se solo per il sito internet. Oggi è una gran bella giornata.

Renato adora tenere gli esperti sulla corda e comunicare solo all'ultimo via mail quali sono i fortunati prescelti della settimana. Con Carmen ha perso ogni speranza, di conseguenza ha quasi smesso di pubblicarla. E poi ora tra gli esperti c'è una nuova collaboratrice, Ambra Ramazzotti da Parma, scelta dopo aver verificato anche sul suo profilo Facebook. Non sembra affatto male: forse per lui un po' bassina (Renato è alto uno e novanta), ma decisamente niente male. Per conoscerla gli toccherà organizzare un convegno (per ripicca non inserirà Carmen tra i relatori) e sperare che lei ci vada.

Tra gli altri collaboratori, oltre a quelli bravi ai quali un po' di spazio va dato, Renato predilige chi, essendo meno noto, ha più fame di emergere. Negli anni ha imparato che un giudice (a meno che sia in pensione e non abbia niente da fare, però in quel caso c'è il rischio che sia un po' rincoglionito) raramente scrive, mentre un avvocato pur di vedere il suo nome sul quotidiano è letteralmente disposto a tutto.

Più gli avvocati sono sfigati più Renato si permette risposte sardoniche quando questi insistono per sapere se i loro pezzi verranno pubblicati. Una volta a un avvocato che chiedeva ripetutamente perché un suo pezzo non fosse ancora uscito ha risposto: «Perché ho deciso di usarlo in cucina come ingrediente per un piatto piuttosto elaborato».

Renato in redazione è considerato il capo, anche se in realtà non è mai stato ufficialmente nominato caporedattore. Nel suo ufficio hanno tutti la stessa qualifica. Essendo vicino alla sessantina ha qualche anno più degli altri, e poi gli viene universalmente riconosciuta grande competenza nel suo lavoro e una cultura generale superiore.

Degli anni del militare ha conservato non solo la mania per l'ordine ma anche un certo spirito goliardico e cameratesco, che è diventato la cifra stilistica del suo Un alpino in Piemonte. *Così quando di sera rimangono in pochi, se un redattore gli dice «Dai Renato, chiama uno degli scassacazzo» non si fa pregare. Di solito preferisce chiamare gli avvocati, mediamente meno preparati dei magistrati; e poi questi ultimi, abituati come sono a essere ossequiati (al contrario degli avvocati), sono assai permalosi.*

«Buonasera avvocato, sono Farelli. Mi scusi per l'ora. La disturbo? Volevo chiederle un chiarimento sul pezzo che dovrebbe uscire domani.» Le domande sono difficili, e raramente i collaboratori hanno la risposta pronta, con grande divertimento della redazione che li sente in viva voce arrampicarsi sugli specchi per cercare di rispondere a tono e non compromettere l'uscita sul giornale, che ormai davano per acquisita.

«Sei grande, Renato!» gli dicono i colleghi dopo una telefonata particolarmente riuscita (il massimo è quando si capisce che il collaboratore sta cenando e magari deve parlare di colonne fecali a tavola).

«Sciocchezze, ragazzi... Ora però torniamo al lavoro.»

12

Oggi al circolo un collega mi ha chiesto come va. Mi sono ricordato di Matteo e ho risposto «Benissimo», come facciamo ormai tutti, qui.

Nella nostra condizione di nuovi poveri passiamo attraverso diversi gradi di umiliazione prima nemmeno immaginati e che mai avremmo pensato sarebbero toccati alla nostra categoria di privilegiati.

Un po' di tempo fa Andrea mi ha mandato un messaggio: «Papà ti prego paga Sergio». Sergio è il titolare del bar dove lui e i suoi compagni di scuola vanno a mangiare tutti i giovedì. Io, come gli altri genitori, ho un conto aperto, e ho detto a questo Sergio, che conosco da anni, che sarei poi passato a pagare. Dopo tre settimane però non l'ho ancora fatto, perché tanto per cambiare non ho i soldi, e Sergio alla fine qualcosa deve averla detta, ad Andrea. Quindi dico sì anche a mio figlio, ma al momento il bar dovrà aspettare, come gli altri.

In effetti il problema è proprio Andrea: ha amici tuttora molto ricchi che vorrebbe frequentare facendo le stesse cose che fanno loro, ed è convinto che suo padre sia come i padri dei suoi amici, ricco abbastanza da fargli fare gli stessi soggiorni di studio all'estero e partecipare alle stesse costose vacanze. Ma io non sono nemmeno lontanamente come quei padri: fingo davanti a lui e davanti a tutti di esserlo, perché questo impone il mio ruolo, quindi lui non ha colpe. Antonio, che ha due anni più del fratello, invece ha capito da un pezzo come stanno le cose, inoltre più di una volta ha sentito sua madre urlare al telefono per via degli alimenti che le verso sempre quando e come posso. Perciò non mi chiede nulla e in vacanza non ci va, o viene con me a trovare i nonni in campagna anche se vorrebbe andare in Inghilterra con i suoi amici. Quando siamo soli non dice una parola, e io evito accuratamente di chiedergli che cos'ha, tanto lo sappiamo benissimo tutti e due.

Se oggi non pago una bolletta da cento euro mi staccano la luce di casa, e dovrò dire a Diletta, ignara di tutto, che la segretaria si è di nuovo dimenticata di pagare, o che non l'abbiamo pagata perché non ci è mai arrivata. Il fatto è che non ho i soldi neanche per quella, quindi la bolletta non la pago. I clienti dicono che pagano e poi non pagano: uno nuovo con il quale ho stipulato un contratto di consulenza mensile mi ha mandato una settimana fa l'avviso di bonifico di una prima fattura da oltre tremila euro, ma sul conto non è ancora arrivato nulla.

Siamo i nuovi poveri, ma non abbiamo l'umiltà e la dignità di quelli che ci hanno preceduto, che sono nati poveri davvero per poi magari diventare ricchi o almeno benestanti, e che anche da ricchi si sono comportati come da poveri, perché quelle erano le loro origini e si ricordavano bene cosa vuol dire non avere soldi. Noi siamo i ricchi che sono nati ricchi ma stanno diventando poveri e non sono preparati; quindi ci comportiamo da ricchi anche se non lo siamo più, un po' per abitudine e un po' perché non possiamo farne a meno. Il nostro disagio non sarebbe socialmente accettabile e disturberebbe i clienti, che in un avvocato povero non avrebbero alcuna fiducia, ma disturberebbe anche le mogli e i figli ai quali abbiamo garantito solidità. Così ci teniamo tutto dentro, e solo chi ci conosce davvero e da vicino (quindi mai le mogli e raramente i figli; piuttosto le banche, i cui conti mandiamo puntualmente in rosso, o i padroni di casa, ai quali non paghiamo l'affitto) sa cosa nascondiamo dietro questa ridicola facciata di professionisti di successo.

Quindi sì, a pensarci bene il problema è Andrea, perché ha amici ricchi e non capisce che io invece ricco non lo sono più, ma il problema sono soprattutto io, che devo fingere di essere ricco quando vorrei dire a tutti di lasciarmi in pace perché non ho un soldo. Ma non posso farlo, per cui non dico niente a nessuno e vado avanti a fingere, e in qualche modo i soldi per mandare Andrea alle vacanze dei ricchi li trovo quasi sempre.

Però non sempre riesco ad accontentarlo. Una volta la banca (tanto per cambiare) mi ha richiamato all'ordine, con la consueta simpatia di cui sono capaci in questi casi i direttori di filiale, per un assegno scoperto di trecento euro. Io l'assegno lo avevo emesso nella speranza che non venisse depositato così presto, e la mattina stessa avevo prelevato trecento euro da dare ad Andrea per mandarlo insieme ai suoi amici, come regalo di compleanno, al concerto di Fedez a Verona a cui teneva tantissimo. Dopo la telefonata sono però dovuto correre subito in banca a versare i trecento euro.

Così, piuttosto che dirgli la verità, arrivato a casa l'ho messo in punizione perché mi aveva risposto male, che non era affatto vero (Andrea è sempre andato bene a scuola e non mi ha mai risposto male), e gli ho detto che al concerto non lo avrei mandato. Lui invece di arrabbiarsi e chiedermi almeno spiegazioni si è persino scusato: «Scusa papà se ti ho risposto male». L'ho perdonato senza fatica.

«Tutto bene?» chiedono gli amici al circolo. «Di merda», dovremmo rispondere. E invece no, invece diciamo «Ma certo, benissimo!»

13

Gli affari per la società di Pio vanno sempre peggio, perché la banca, in attesa del famoso accordo che chissà se si farà mai, non gli fa passare più nulla, e così non ha più i fondi per comprare la merce che gli serve per produrre. Le vendite si riducono e di conseguenza anche i ricavi, e con un fatturato in calo è difficile che la banca accetti di concludere un piano di ristrutturazione. In pratica, se non gli danno fondi e credito Pio non può produrre, e se non produce il fatturato diminuisce e la banca non farà mai alcun accordo.

All'ennesimo incontro con Delbech non ci limitiamo a guardare delle cifre insulse con i suoi collaboratori. Questa volta c'è anche lui e si fa sul serio. Ci dice chiaro e tondo che le cose così non vanno, che se il fatturato non migliora il piano di ristrutturazione non può essere concluso, e che c'è il rischio che la banca chieda il fallimento da un momento all'altro.

Da diversi giorni Pio è nervoso, e per la prima volta in tanti anni che ci conosciamo lo vedo perdere il controllo. Si alza e si mette a urlare: «Lei la deve smettere di rompere le palle con le sue slide e i suoi flussi economici! Io devo lavorare! La mia azienda deve lavorare! Lei riferisca pure alla banca che mi hanno rotto i coglioni! Fatemi pure fallire, io non faccio nessun piano!»

A quel punto anche Delbech alza i toni: «Non si permetta di usare questo tono nel mio ufficio! Sono stato incaricato dalla banca di fare il mio lavoro, che le piaccia o meno!»

Urlano sempre di più, sembrano entrambi dei pit bull che stanno per azzannarsi. Pio ha tutte le vene del collo viola; sono quasi preoccupato che gli stiano per scoppiare. Per fortuna Delbech (che sembra quasi urlare a bassa voce, non so come sia possibile) smette di fissare Pio e si volta verso di me: «Avvocato, dica al suo cliente di smetterla di comportarsi così, e che usi toni più civili».

Io sono colto di sorpresa, perché poco prima che si rivolgesse direttamente a me stavo pensando che, quando si arrabbia, Delbech somiglia ancora di più a un enorme uccello, un corvo gigantesco con un'apertura alare smisurata. A un certo punto ho la netta sensazione che stia per spiccare il volo e uscire dalla finestra del suo splendido studio all'ottavo piano. Lo immagino di sera attraversare i cieli della città, e dopo un paio di eleganti evoluzioni sul centro storico raggiungere il tetto della sua bella villa in collina, dove trascorre la notte a mo' di gargolla turbando il sonno dei vicini: «Guarda, c'è di nuovo il dottore che dorme sul tetto!»

Così, quando vedo quell'enorme volatile fissarmi con i suoi occhi piccoli e duri, che per una volta non si sottraggono ma fissano direttamente i miei, gli sto per rispondere «Senti, sono sicuro che i tuoi genitori ti volessero realmente bene, solo che erano molto impegnati con il lavoro, anche se forse tuo padre era effettivamente un po' stronzo e sono quasi certo che tua madre avesse l'amante».

Per fortuna, prima che possa dire una cazzata del genere Pio si è già diretto verso la porta e ha mandato Delbech a fare in culo, il che tutto sommato è meglio di quello che stavo per dire io.

Dopo l'uscita di Pio, Delbech si siede e mi dice: «Avvocato Speranza, ci pensi lei a far ragionare il suo cliente. Così si fa del male da solo».

Gli rispondo: «Ci proverò, però anche lei cerchi di essere più comprensivo nei suoi confronti. Non sta passando un bel momento». A far ragionare Pio non ci penso neanche, sarebbe del tutto inutile.

Come immaginavo, Pio mi sta aspettando al solito bar davanti allo studio del corvo, dove di solito ci fermiamo a prendere il caffè prima di salire da lui.

Mi dice solo: «Sapevo che saresti rimasto. Per quello me ne sono andato».

Questa volta prima di salutarci non mi chiede neppure se vedo ancora gli altri. Peccato, avevo già la risposta pronta.

Dopo pochi giorni la situazione se possibile peggiora ancora. Arriva la Guardia di Finanza coadiuvata dagli ufficiali giudiziari per mettere i sigilli all'azienda di Pio sostenendo che c'è stata evasione fiscale. Non so chi li ha mandati, ma Pio è convinto di saperlo, e di certo i nemici capaci di farlo non gli mancano.

Uno dei finanzieri gli dice anche: «Mi spiace, dottore», però i sigilli gli ufficiali giudiziari li mettono lo stesso.

Quando arrivo in azienda sono ancora tutti lì: finanzieri e ufficiali giudiziari da una parte e dipendenti di Pio dall'altra, che si guardano come se fossimo in guerra.

E forse è proprio così.

14

L'indomani presento un ricorso d'emergenza al giudice perché ordini la rimozione dei sigilli e permetta alla Nuova Farmacia Italiana di tornare a produrre. Il ricorso viene accolto in pochi giorni e la fabbrica ricomincia a lavorare. Il pericolo sembra rientrato.

Passano sette giorni e viene emesso un nuovo ordine da parte dello stesso tribunale («essendo sopraggiunti fatti nuovi») che revoca il provvedimento precedente e ordina la chiusura della fabbrica. Pazzesco, visti i tempi biblici della giustizia italiana. Tornano nuovamente gli ufficiali giudiziari e rimettono i sigilli alla fabbrica.

Quando arrivo Pio sta discutendo animatamente con uno di loro. L'odio che si respira è più tossico delle sostanze chimiche che ci sono in fabbrica. Mi sembra impossibile che qualcuno possa ottenere il provvedimento di revoca di un'ordinanza così in fretta, eppure qualcuno evidentemente c'è. È ovvio che si è trattato di un avvertimento: gli hanno dimostrato che possono farlo chiudere come e quando vogliono, e quindi che se ne stia al suo posto. Vogliono fargli chiudere l'azienda perché dà fastidio, non rispetta le regole e vuole prendersi fette di mercato che appartengono ad altri.

Proprio quando stanno per andare via dopo aver rimesso i sigilli, un ufficiale giudiziario si volta e dice qualcosa a Pio, che comincia a inveirgli contro come non gli ho mai visto fare: «Sei uno schiavo! Lecchi il culo al tuo padrone! Bastardo!» Quello non fa una piega e si volta tranquillamente per andarsene, però il gemello di Pio ne approfitta per sussurrargli qualcosa. Questa volta l'ufficiale non rimane imperturbabile, e anzi mi sembra visibilmente scosso. Mi ricorda l'episodio avvenuto tanti anni fa a scuola.

Appena gli ufficiali escono, Pio viene da me: «Quei bastardi vogliono farmi chiudere. Si fanno le leggi e comandano con i loro cazzo di cartelli. Poi arrivo io e gli mando tutto a puttane. Tanto non mollo». Poi mi ripete di nuovo che le multinazionali sono anche disposte a uccidere per far valere i propri interessi, e che infatti se vogliono fermarlo dovranno ucciderlo.

Io cerco di sdrammatizzare: «Va bene, Pio. Basta che non si mettano a uccidere anche gli avvocati».

Lui mi guarda un attimo, poi scoppia in una risata. Mi sento sollevato, perché mi piace sentirlo ridere. Quando usciamo il gemello, che come suo solito è rimasto in disparte, mi guarda come poco fa ha guardato l'ufficiale giudiziario.

Comunque per il momento Pio non l'hanno ucciso, gli hanno solo messo i sigilli e chiuso la fabbrica. Ma lui non si piega, e la fabbrica se la riapre da solo: questa volta invece di rivolgersi al tribunale, nel quale ha perso ogni fiducia, avverte la stampa e rimuove da sé i sigilli.

Un bell'illecito penale, non c'è dubbio, e mi chiedo quando gliene chiederanno conto. Però Pio non è stupido, e prima di chiamare i giornalisti manda gli operai a manifestare in strada. Se la fabbrica chiude rimangono senza lavoro, e poi a protestare ci sarebbero andati anche da soli, perché Pio li ha sempre trattati bene.

La manifestazione in breve finisce su tutti i giornali, col risultato che la Nuova Farmacia Italiana diventa un caso nazionale del quale si occupano anche i sindacati. Adesso nessuno avrà tanta voglia di venire a chiuderla e passare per il cattivo di turno.

I sigilli rimossi restano in un angolo e la fabbrica riprende la sua vita. Di ufficiali giudiziari in giro non se ne vedono più. Gli operai esultano come se avessimo vinto la finale dei mondiali. Io penso invece che abbiamo vinto solo un'inutile amichevole. La finale, quella vera, la vinceranno loro, magari con un rigore inventato all'ultimo minuto, senza fare troppo rumore e quando sarà il momento, non certo adesso che abbiamo tutti gli occhi addosso.

In ogni caso per ora siamo tutti allegri nel vedere la produzione ricominciare e le macchine che girano di nuovo, come se non fosse successo niente.

Il sabato successivo pubblicano sul quotidiano Acqua e ascensore, spese e millesimi, *fondamentale e illuminato contributo di Carmen Tondelli. La crisi (ammesso che ci sia stata) è superata. Poco male, perché subito sotto compare il mio imperdibile e godibilissimo* Contabilità condominiale: accesso garantito, *quindi posso sopportare l'imprevisto ritorno della bella e conturbante Carmen (almeno io me la immagino così) senza dolermene più di tanto.*

Sono invece sicuro che lei, sprovvista del mio considerevole aplomb, abbia preso male il fatto di dover condividere con me la preziosa pagina del sabato.

Sempre in quei giorni accade un fatto strano. Diletta si lamenta, e non è la prima volta, che le sono spariti dei soldi dal portafogli. È grave, anche perché il lunedì lei va dai suoi a ritirare l'affitto di casa sua, che da quando vive con me è occupata dal fratello. Il martedì è in effetti l'unico giorno in cui ha dei soldi in tasca; per il resto, come dice sempre, «con tutto quello che guadagni tu non c'è bisogno del mio stipendio per mandare avanti la casa»; e così lei può mettere qualcosa da parte (intendiamoci, sono io il responsabile di questa sua convinzione: quando ci siamo conosciuti le ho fatto regali costosi che il più delle volte ho saldato a rate e con grandissima fatica). La verità è che adesso quei millecinquecento euro al mese per tredici mensilità mi cambierebbero la vita.

Mia moglie comincia a insinuare che secondo lei è stata la donna di servizio o i ragazzi. L'unico vero colpevole (io, ovviamente) per ora non rientra nel novero dei sospettati.

Decido di smettere prima che sia troppo tardi. Peccato, perché era una delle poche entrate sicure che mi rimanevano e sulle quali potevo fare ragionevole affidamento.

La fabbrica di Pio, dopo le varie aperture chiusure riaperture dettate da provvedimenti giudiziari contrastanti, nonostante la rimozione dei sigilli e la definitiva (per ora) riapertura, è comunque ridotta a produrre circa la metà di quanto previsto dal piano di ristrutturazione predisposto dallo studio di Delbech (non più da lui in persona, perché da quando si è scontrato con Pio si rifiuta di incontrarlo e ha lasciato che della pratica si occupino i suoi collaboratori). Tant'è che questa volta veniamo convocati direttamente dai vertici della banca, a Milano, presso la sede centrale.

L'incontro dura pochi minuti, sufficienti al direttore per comunicarci che la situazione è diventata insostenibile, e l'unico modo per ripianarla è che Pio accetti di vendere parte delle quote a dei nuovi soci presentati (ma guarda che incredibile combinazione) proprio dalla stessa banca.

O vendere (alla banca) o fallire, nessuna terza via.

Prima di uscire il direttore prende Pio da parte e gli dice: «Raniero ci ha raccontato quello che è successo. Si rende conto che se se lo fa nemico ha solo da rimetterci? Cerchi di fare la pace, è nel suo interesse».

In treno, al rientro, Pio mi chiede il telefono. Il suo lo usa pochissimo e solo per chiamate internazionali, mai capito perché. Chiama lo studio del rapace e se lo fa passare.

«Dottor Delbech... Come sta? Siamo usciti ora dalla banca. Ci vediamo per discutere il piano?»

Pace fatta. Pio non chiede mai scusa, e neppure l'altro se lo sarebbe aspettato. Tra potenti non si usa, a quanto pare.

Durante il viaggio di ritorno in treno Pio mi sembra triste. Mi fa anche un po' pena: nel corso dell'incontro non ha reagito con la solita rabbia, o almeno con fermezza, ma quasi con rassegnazione, come se si fosse arreso. Il fatto che abbia accettato di scendere a patti con Delbech mi pare un segno di resa, come se per una volta avesse deciso di fare quello che gli chiedono, senza opporsi.

Gli vorrei dire che va tutto bene, ma sa anche lui che non è così. A volte vorrei che fossimo ancora due liceali qualsiasi che rientrano da una gita di classe, e invece siamo un avvocato praticamente dal culo e un noto imprenditore che sta per andarci a breve. Ma in fondo per me siamo questo, soprattutto: due amici che proseguono un viaggio iniziato insieme tanti anni prima.

È vero che al liceo erano altri i compagni con i quali ero più legato, però Pio, a differenza del gemello, era sempre con noi, e a modo suo partecipava a tutto quello che facevamo, dalle gite di classe ai tornei scolastici, anche se stare in squadra con altri non gli è mai piaciuto.

Allora avevamo tutti il motorino tranne lui. Quando ci spostavamo, pur di stare con noi, veniva con la bici da corsa, e noi dovevamo sempre aspettarlo delle ore. Una volta gli abbiamo nascosto la bici. Pio si era convinto che qualcuno gliel'avesse rubata; c'era rimasto così male che nessuno aveva avuto più il coraggio di dirgli la verità. Alla fine però confessammo, perché quello che era nato come uno scherzo stava degenerando. Pio ne stava facendo una malattia, e da giorni non parlava d'altro se non di farla pagare a chiunque fosse stato. Lui e il fratello passavano tutti gli intervalli a interrogare i compagni per trovare il colpevole.

Avevano persino messo un avviso in bacheca: «Chi sa parli o pagherete tutti».

Alla fine delle loro indagini, durate un paio di settimane, non so in base a quali elementi individuarono il colpevole in un innocuo ragazzo di quarta. Una mattina Pio mi disse: «Sabato aspettiamo Cosimo Benzi fuori dalla scuola. Io lo tengo fermo davanti a tutti e mio fratello lo ammazza di botte». Non sembrava una minaccia fatta a caso. Del resto era noto a tutti che i regolamenti di conti, che fossero per corna o per politica, si svolgevano il sabato a mezzogiorno, e con regole ben precise. Prima regola: gli amici si disponevano in modo da nascondere la lotta alla vista di genitori o insegnanti troppo zelanti. Seconda regola: era consentito dividere i contendenti solo nel momento in cui fosse stato chiaro chi aveva vinto, non prima. Era capitato in passato che, avendoli divisi troppo presto, i duellanti avessero poi dovuto battersi anche il sabato successivo.

Quella volta fu diverso, perché i gemelli erano pericolosi e non si sarebbero fermati facilmente. Per evitare il massacro di un innocente, decidemmo di dire la verità, che si era trattato di uno scherzo, e che la bici era parcheggiata nel garage di Piero. La buttammo sul ridere, ma Pio non sembrò divertirsi per niente.

In lui rivedo ancora il sorriso degli anni migliori, quelli che ci hanno legato per sempre. Vedo le prime fidanzate e le prime feste in discoteca, le partite a pallone e le cazzate fra amici. Già allora se ne stava in disparte, vestito più o meno come adesso, ma accettava che lo prendessimo un po' in giro senza mai offendersi. Per questo gli voglio ancora bene, e per questo allora gliene volevamo tutti, per il suo esserci senza mai imporsi e senza mai offendersi. Faceva parte di noi, di quelle foto di classe che tutti abbiamo ancora ben impresse nella memoria e forse anche ben in vista su qualche mobile di casa.

Il viaggio in treno finisce presto. Al momento di salutarci mi dice: «Allora ciao, ci sentiamo», come se fosse un addio e non il consueto arrivederci al giorno dopo. Quando sto per voltarmi mi richiama e mi chiede se vedo ancora gli altri.

«Solo Piero e Franco, qualche volta», gli rispondo, e penso che forse c'è ancora speranza.

E poi accade l'incredibile: alla centesima proposta di contributo avanzata da Carmen, Renato risponde con queste parole: «Questa è già uscita alcune settimane fa. La invito a seguire con attenzione la pagina (esce tutti i sabati) per non far perdere tempo a tutti noi con le sue proposte».

Fisso incredulo lo schermo. Davvero ha scritto così? Leggo e rileggo più volte. È proprio così, per giunta con tutti noi in copia. Renato Farelli ha umiliato la bella Carmen con una cattiveria distillata in poche righe che non lasciano spazio ad alcuna possibile differente interpretazione.

La domanda adesso è una sola: come reagirà lei alla pubblica gogna alla quale è stata sottoposta? Si chiuderà in uno sdegnoso silenzio ponendo fine alla sua consolidata collaborazione con il quotidiano, o farà finta di nulla e in un nanosecondo proporrà come al solito altri otto contributi?

Propendo più per la seconda ipotesi, ma non vedo l'ora di conoscere i nuovi sviluppi della vicenda. Per carità, in passato, quando ho insistito troppo per vedere pubblicati i miei pezzi, Renato ha umiliato anche me in modo altrettanto perentorio, ma senza mettere gli altri collaboratori in copia.

Questa volta nella nostra piccola comunità di saggi dotti e sapienti in materie condominiali si sta consumando un inaudito psicodramma, non c'è dubbio, e Carmen ne è l'imprevedibile vittima, da preferita del sultano a reietta e scacciata dall'harem nello spazio di una mail.

Negli stessi istanti in cui Carmen Tondelli comincia inesorabilmente a percorrere il viale del tramonto, Pio picchia un ufficiale giudiziario. Ma non uno qualunque: quello contro cui aveva urlato, secondo lui suo nemico giurato e fonte di buona parte dei guai in cui si trova.

Dopo pranzo, mentre sto per andare da lui, mi arriva un suo messaggio: «Non venire, ho menato un ufficiale giudiziario», e alla mia domanda «Quanto?» risponde con un laconico «Abbastanza» che non promette nulla di buono.

Un po' più tardi, parlando con il fratello, ricostruisco l'accaduto. Dopo che in azienda in mattinata sono tornati gli incaricati del tribunale a rimettere per l'ennesima volta i sigilli (evidentemente avevano solo aspettato che i giornali smettessero di parlare della vicenda), Pio è uscito senza dire nulla ed è andato in tribunale. Lì ha chiesto se l'ufficiale era in sede, ha fatto le scale, è entrato nella sua stanza e senza dire una parola gli ha tirato un pugno. Dopo di che è stato immobilizzato dagli increduli colleghi accorsi a soccorrere il loro superiore. In tribunale, altra cosa che mi è sembrata a dir poco incredibile, anziché arrestarlo si sono limitati a trattenerlo qualche ora per i necessari accertamenti, poi lo hanno lasciato andare come se non fosse successo nulla.

Le conseguenze di questo gesto di lucida follia, ma ancor di più della blanda reazione del sistema, sono che:

a) Pio capisce che il sistema si può battere, usando metodi non tradizionali e ancora una volta giocando con regole proprie e non con quelle degli altri, e
b) il sistema, o per lo meno l'ufficiale giudiziario finito poco onorevolmente con il culo per terra e il naso rotto, ora ha paura di Pio, perché rompe i sigilli e mena la gente, e questo non rientrava nei piani.

15

La situazione è questa: Pio mena un ufficiale giudiziario e (almeno per il momento) non subisce conseguenze, mentre Carmen non picchia nessuno ma subisce un cazziatone terrificante da Renato. Non c'è dubbio che le due vicende, per quanto dissimili, siano arrivate a un punto decisivo.

Infatti, mentre di Carmen da qualche giorno non ci sono tracce, gli affari per la Nuova Farmacia Italiana dopo il fattaccio cominciano ad andare un po' meglio, perché nessun ufficiale viene a rimettere i sigilli, che Pio appena tornato dalla sua spedizione punitiva ha di nuovo tolto, tanto per aggravare ulteriormente la sua posizione. La produzione riprende a pieno ritmo e l'azienda riesce a rispettare tutti gli ordini ricevuti nel frattempo da varie parti del mondo.

Se il tentativo era farlo cadere rendendogli la vita impossibile, è evidente che non conoscendo Pio abbastanza a fondo abbiano commesso un errore madornale. Lui non ragiona in modo prevedibile ed è riuscito a spiazzarli. Soprattutto, il tentativo è fallito nel momento stesso in cui Pio ha smesso di stare al suo posto e ha deciso di andare all'attacco, giocandosi il tutto per tutto.

Mi sbagliavo. Carmen invece continua a tacere, e da qualche giorno ha smesso di torturare il povero Renato (e noi tutti) proponendo a getto continuo contributi su qualunque cosa abbia minimamente a che fare con il condominio: dalle maggioranze necessarie per il rifacimento delle facciate al diritto dei singoli condomini di esporre la biancheria intima sui terrazzi. Devo ammettere che un po' mi manca, tant'è che per un momento penso di scriverle in privato invitandola a non abbattersi, a continuare a proporre i suoi suggestivi contributi. Poi lascio perdere: è troppo forte la curiosità di vedere come andrà a finire.

Il sospetto è che nel defenestramento di Carmen non sia estraneo il sopraggiungere di Ambra Ramazzotti, la nuova collega esperta in diritto condominiale che da poco è entrata a far parte del nostro consesso di sapienti e che dalla gaudente Parma manda dei contributi (secondo me piuttosto modesti) puntualmente pubblicati. Non vorrei che il sovrano avesse cambiato la propria ancella preferita. In questo caso temo che a Carmen non resti che rivolgersi a pubblicazioni del settore molto meno prestigiose, come abbiamo fatto tutti noi in passato, vedendo comparire i nostri pezzi insieme alla pubblicità di uno svuotacantine o di un'impresa specializzata in spurghi condominiali.

Renato si è stufato: non solo Carmen continuava a proporre contributi di qualità sempre più modesta, ma ha respinto quasi con sgarbo e fastidio le sue proposte di incontri extra, formulate in modo sempre più scoperto e sfacciato.

E poi è di cattivo umore anche per altri motivi. Prima di tutto è un'altra di quelle orribili giornate pie-

ne di smog e pioggerellina che la grande città dove ha sede il giornale sempre più spesso riserva ai suoi abitanti. Inoltre nessun editore ha mostrato il benché minimo interesse per il suo Un alpino in Piemonte. *Persino il responsabile della pagina culturale del suo giornale (un vecchio gentiluomo che per Renato ha sempre avuto un debole, apprezzandone a differenza di tanti suoi colleghi lo sforzo di utilizzare un italiano forbito anche in articoli in materia di diritto condominiale o catastale), al quale ha chiesto un parere con la segreta speranza di essere pubblicato, ha garbatamente fatto presente che l'opera è interessante ma forse «bisogna lavorarci ancora».*

Molto tempo fa il caporedattore della pagina culturale aveva scritto L'amore a vent'anni, *romanzo breve che riscosse un enorme successo, divenendo un vero e proprio caso letterario. Dopo quell'esordio folgorante non aveva scritto più nulla, nonostante le pressanti richieste degli editori, e aveva preferito dedicarsi alla pagina culturale del giornale.*

Renato, come tutti, gli aveva chiesto perché non avesse pubblicato un altro romanzo, e come tutti aveva ottenuto in risposta la stessa frase: «Perché dovrei scrivere di nuovo quello che ho già detto una volta?»

Lo ha odiato, per quel talento sprecato e perché del suo, di talento, non ha saputo che farsene, dato che pur riempiendolo di complimenti non ha mai accettato di pubblicare i componimenti, a volte persino delle poesie, che in gran segreto ogni tanto gli mandava.

Anche questa volta è andata così: «Carissimo» gli ha detto, «tu sei un ottimo giornalista, ma lo scrittore è un'altra cosa».

Per Renato è un colpo terribile, soprattutto perché in Un alpino in Piemonte *ha riposto tutte le sue speranze di far fortuna con la letteratura, sogno nato sui banchi del liceo.*

Unica nota positiva della giornata è la nuova foto in costume e con posa ammiccante che Ambra Ramazzotti ha postato su Facebook. Secondo Renato quella foto è stata messa lì apposta per lui.

Adesso Pio si crede invincibile, e forte di questo suo nuovo status decide di mettere in atto quello che ha imparato anche con il suo (secondo) nemico numero uno, il dottor Raniero Delbech, lo strumento del quale il sistema si è servito finora per tenerlo al suo posto.

Il problema è che ora Pio al suo posto non ci sta più, e pur senza menare Delbech, cosa che sono certo farebbe con grande piacere e senza la minima difficoltà, nel corso delle nostre riunioni periodiche smette persino di fingere di ascoltare con civiltà e quel minimo di rispetto che ha sempre e comunque mostrato.

Delbech, che certo non è scemo, si accorge immediatamente di questo mutamento e a sua volta cambia tono: comincia a trattare Pio in modo quasi amichevole, anziché con il disprezzo più o meno velato che gli ha riservato sino ad oggi.

Da quando la banca è intervenuta, però, il debito è cresciuto esponenzialmente, il fatturato è diminuito in modo drammatico e si è capito benissimo che nonostante gli affari abbiano ricominciato a girare la Nuova Farmacia Italiana non ce la farà a rialzarsi. La banca ci rimetterebbe almeno una cinquantina di milioni di euro.

Ora, non sono di sicuro queste le cifre che spaventano uno dei primi gruppi bancari italiani, però di quell'ammanco prima o poi qualcuno all'interno dell'istituto dovrà pur sempre farsi carico, e spiegare come mai è stato concesso a una società da anni in grave difficoltà di indebitarsi in quel modo. Quando non si parla più del bene (e dei soldi) della banca ma di quello personale, le cose cambiano.

E cambia radicalmente anche il clima nelle riunioni: adesso Delbech partecipa a quasi tutti gli incontri, mentre è ormai chiaro che non è più la banca a decidere se e come portare avanti la trattativa. Pio si rifiuta di chiudere se non alle sue condizioni, che modifica mano a mano che si accorge che la banca è disposta a cedere e che non intende affatto farlo fallire, come minacciato tante volte.

Ora Pio è più forte perché ha smesso di avere paura delle proprie azioni, anche se queste potrebbero portare alla chiusura dell'azienda. Del resto che il piano di ristrutturazione si faccia conviene a tutti: a Pio che non perderebbe il suo investimento e continuerebbe a fare il suo mestiere, alla banca che eviterebbe di dover far fronte a una perdita secca di svariate decine di milioni di euro, e infine ai vari professionisti coinvolti (me incluso), viste le laute parcelle che in quel caso verrebbero corrisposte.

Hanno capito tutti che si può effettivamente chiudere, ma soprattutto lo ha capito Pio, che continua di volta in volta a fare nuove richieste sempre più pesanti alla banca: gli offrono cento e lui ne vuole duecento, ci si accorda per duecento e lui improvvisamente rilancia a quattrocento, e così via.

Anch'io comincio a crederci, e comincio a pensare a cosa farei con tutti quei soldi. Mi immagino un domani in cui le mie giornate non siano scandite dalle richieste dei numerosi creditori.

Ci credo talmente tanto che programmo quattro giorni a New York con Diletta e i ragazzi. Andrea ha sempre voluto andarci, e sono anni che gli prometto un viaggio. Inoltre i rapporti in famiglia sono migliorati: i miei figli non vedono più la mia nuova moglie come un nemico, o comunque con diffidenza. Hanno cominciato ad apprezzarla. Sembra incredibile, ma le cose forse lentamente si stanno mettendo a posto. Prenoto il volo per quando il piano dovrebbe essere finalmente chiuso e io aver già ricevuto il pagamento da Pio.

Sono contento per lui, perché non saprei come potrebbe impiegare il suo tempo se la fabbrica fallisse. Anche se ormai passiamo quasi ogni giorno insieme, per certi versi Pio per me rimane un mistero, e i nostri discorsi, tranne quando ogni tanto mi chiede dei vecchi amici (alla cena con gli ex compagni di classe non è venuto, però) non prevedono mai argomenti personali.

Della sua vita privata d'altronde so poco, e di quella del gemello ancora meno, al punto che quando ho scoperto che è sposato mi sono stupito. È stato lo stesso Pio a dirmelo. Dopo una settimana che non lo vedevo in azienda ho chiesto notizie. «È andato in Israele dai suoceri», mi ha risposto, poi ha chiuso subito l'argomento.

La vita di Pio segue orari rigorosi: il lavoro, lo sport e poi le cene con il fratello e nessun altro, tutte le sere allo stesso tavolo dello stesso ristorante. Non ha amici, non ha fidanzate, non ha hobby di alcun tipo, salvo vedere fino a tardi i documentari di National Geographic o History Channel, con una predilezione particolare per le storie dei nazisti scappati in Sudamerica.

Pochi giorni dopo, come di consueto, vado da loro e la receptionist mi chiede, cosa mai accaduta prima, di aspettare in sala d'attesa. Quando finalmente mi fanno salire in ufficio, Pio esordisce così: «Scusa Arturo se ti ho fatto aspettare. Ti presento una persona».

Lo riconosco subito: ho visto la sua nota e melliflua espressione di faccendiere in mille occasioni sui giornali. Mi fissa per un istante lunghissimo, dopo il quale non mi porge la mano. Poi, quando finisce di studiarmi, si volta verso Pio e dice: «Allora è questo l'avvocato che ti sta aiutando. Bene».

Appena siamo da soli chiedo a Pio: «Ma quello non era Nannetti? Credevo non ti piacessero i massoni. Lo sai cosa si dice di lui, vero?»

«I giornalisti dicono sempre un sacco di cazzate. E poi non è un massone» mi risponde.

Quando esco, però, penso che sia strano che Pio si accompagni a persone del genere, con le quali è sempre meglio non aver niente a che fare. Nannetti è un noto faccendiere, implicato in buona parte dei recenti scandali politici, logge piduiste comprese, mentre io il grembiulino non lo metto neanche per cucinare. Cosa ci fa uno così con Pio? Non eravamo i duri e puri, i paladini della virtù, i nemici giurati dei poteri forti?

Alla fine, comunque, il gran giorno tanto agognato sembra arrivato. Ci troviamo di sera nello studio di Delbech per esaminare l'ultima bozza del piano trasmesso dalla banca, sulla quale neppure Pio questa volta ha più nulla da eccepire.

In quella occasione scherza anche sui soldi, indubbiamente tanti, che spetterebbero a me e al suo commercialista, che pure ha contribuito alla stesura del piano. «E tu Arturo non spenderli tutti in una volta», mi dice.

16

Non ci sono solo i debiti normali: ci sono anche i debiti dei quali uno si vergogna, quelli legati alla vita personale. I peggiori. Sono i debiti con l'amico che ti ha prestato pochi euro che non riesci a restituire, e ci scherzate su ma lui capisce benissimo, oppure l'iscrizione del figlio a karate che dovresti passare a saldare in palestra da diversi mesi ma che trovi sempre la scusa per rimandare, finché tuo figlio si scoccia di sentire l'istruttore dire «Ricorda poi a papà che deve passare a trovarci» e smette di andarci.

I debiti vergognosi sono quelli che almeno in parte riesci a saldare grazie ai tuoi genitori, ormai ultraottantenni, l'ennesima sera che passi da loro e anche se non gli dici nulla per non farli preoccupare te lo leggono in faccia che non va bene, e allora tuo padre dopo cena va un momento di là e torna con una busta e ti dice: «Tienili, sono tutto quello che abbiamo in casa». Tu non vorresti ma li prendi lo stesso, e poi appena esci passi dalla ex moglie e gliene dai una parte. Sai che questo la farà stare un po' meglio: anche lei infatti non paga l'affitto e non paga le bollette, perché da tanto tempo non le dai più i soldi per farlo, e lei ha smesso persino di chiederteli, spera solo che tu lo faccia e basta, e quando non lo fai capisci da come ti guarda che non sa più come fare.

Non pagare l'affitto significa che il padrone di casa ti può notificare lo sfratto per morosità. Si deve comparire davanti a un giudice al quale, se non paghi, potrai richiedere il «termine di grazia», cioè un periodo di novanta giorni per poter saldare il debito, pena la convalida dello sfratto.

Quando ho cominciato, per gli sfratti bastavano due giudici e un paio di giorni di udienza al mese, mentre ora il tribunale di Torino gli dedica un'intera sezione e due giorni alla settimana. Inoltre ho notato che nel recinto (perché proprio di un recinto si tratta) che separa gli sfrattandi in attesa del proprio turno e gli avvocati che rappresentano i creditori non ci sono solo poveracci e soprattutto extracomunitari, ma anche e sempre più spesso distinti signori del ceto medio, che come gli altri non ce la fanno più a pagare, e proprio come gli altri attendono che il giudice li chiami per la loro udienza seguendo l'ordine di iscrizione delle cause a ruolo.

In quel recinto dovrei esserci anch'io, se solo i padroni dell'ufficio facessero valere i loro diritti.

17

Esistono anche altri tipi di debiti vergognosi. Ci sono debiti che non solo espongono il mancato pagatore a una pubblica umiliazione e al disprezzo, ma anche a una possibile azione da parte del creditore, con conseguenze particolarmente seccanti.

Succede per esempio quando si incassano dei soldi da un cliente per gestirgli una pratica e poi non glieli si restituisce, o almeno non prontamente. Di solito il cliente, soprattutto se è un privato non abituato ad avere a che fare con la giustizia, all'inizio pensa a una dimenticanza da parte del proprio avvocato, e i soldi li chiede gentilmente, quasi con timidezza. Le richieste si fanno via via più pressanti, e il tono con il quale vengono formulate sempre meno conciliante. Alla fine, quando inevitabilmente si arriva alla minaccia esplicita di adire le vie legali o informare dell'accaduto il Consiglio dell'Ordine, è meglio restituire i soldi prima di incorrere in provvedimenti come la sospensione o la radiazione dall'albo.

A me naturalmente qualche volta è capitato. La signora Angeli chiede da un pezzo di restituirle millecinquecento euro (non una grande somma) che ho ricevuto per suo conto quale risarcimento per una banale pratica di sinistro stradale. Sono mesi che me li chiede, prima con telefonate e ora per lettera (essendo anziana spero che non usi la posta elettronica). Io non li ho più, altrimenti glieli avrei già restituiti, quindi invento scuse su scuse e mi faccio negare al telefono, sperando che prima o poi se ne dimentichi, anche se mi sembra poco probabile perché so che di quei soldi ha bisogno.

Anche nei confronti di Michele, così come della signora Angeli, forse dovrei nutrire qualche rimorso. Michele è un signore molto gentile che fa le pulizie nel mio studio da tantissimi anni, praticamente da sempre. Viene il sabato mattina molto presto e di solito, dato che ormai raramente lavoro di sabato, neanche lo vedo. Ogni fine mese mi lascia un biglietto scritto a mano in segreteria con il conteggio delle ore che ha fatto e la cifra che gli devo.

Le poche volte che vado in ufficio nel fine settimana (appena aperto lo studio tanti anni fa il sabato mattina in ufficio ci andavo eccome, anche solo per studiare dottrina e leggere giurisprudenza; ora me ne guardo bene) e lo incontro è però sempre molto cordiale, e si vede che mi considera con rispetto.

Con lui mi comporto come fanno sempre più spesso i clienti con me: tendono sostanzialmente a ignorare le mie richieste di pagamento non giudicandole rilevanti (per loro) così come io non giudico rilevanti (per me) quelle di Michele, e quindi le ignoro. Dopo che per due o tre sabati di fila Michele trova il suo foglietto al solito posto e non vede allegati i soldi, mi lascia due righe: «Vorrei essere pagato o bisogno» (rigorosamente senza "h"), cosa di cui non dubito perché so benissimo che non se la passa bene da quando la moglie ha avuto un ictus.

A quel punto per il sabato successivo gli faccio trovare i soldi, anche se quasi mai tutti. Ma mi è già successo di non averlo comunque pagato, e di avergli lasciato a mia volta due righe: «Ho già saldato la settimana scorsa», contando sul fatto che mai avrebbe messo in discussione la mia parola, anche se sapeva benissimo che le cose non stavano così.

Un altro esempio di debito vergognoso è Luigi, il mio dentista, a cui devo milleduecento euro da un anno, cioè da quando una domenica mattina è venuto apposta in studio perché mi ero appena rotto un dente cadendo in bicicletta. Gliene ho dati seicento a fatica e in due rate. Gli altri ogni tanto prometto che glieli darò, ma continuo a non farlo semplicemente perché non li ho, e quando li ho devo pagare altri debiti, meno vergognosi del suo ma più pericolosi, tipo le bollette di casa o il riscaldamento dell'ufficio.

Così Luigi, che è un signore, quei soldi alla fine smette di chiedermeli, ma quando andiamo a cena con gli altri dopo il calcetto ho sempre paura che lo faccia, anche solo come battuta. Però lui a differenza mia non oserebbe mai, anche se magari pensa che potrei rinunciare alle cene e pagare il mio debito. Il fatto è che il debito io non lo pago, e a cena con gli amici dopo il calcetto continuo ad andarci, perché smettere di comportarmi almeno qualche volta da ricco e ammettere di essere povero mi costerebbe troppo.

Ci sono anche debiti vergognosi più o meno etici. Il debito verso Luigi è vergognoso e anche poco etico, perché è un amico e io me ne sto approfittando, e spero sempre che non venga il giovedì a giocare a calcetto o che almeno non si fermi a cena fino a quando lo avrò saldato. Il debito verso i padroni di casa di dove ho l'ufficio, diversi mesi di morosità senza alcuna spiegazione e senza che loro mi abbiano mai tolto il saluto o mi abbiano chiesto quando intendo pagare, è vergognoso ma più etico, perché loro sono ricchi e di quei soldi forse potrebbero anche fare a meno, il che, lo so benissimo, non rende meno deprecabile il mio comportamento.

Anche i miei padroni di casa, come Luigi, sono dei signori, e quando mi incontrano nel palazzo (che è tutto loro) accennano persino un inchino e mi dicono «Buonasera, avvocato» invece di trattarmi da quel cialtrone che sono. E questo fa male, ma sempre meno che sentirsi chiedere i soldi dell'affitto.

Quando si combatte una guerra impari e persa in partenza come quella contro i debiti, una cosa essenziale è conoscere bene il proprio nemico. Anzi, meglio usare il plurale: i propri nemici. Questo è fondamentale per non sprecare le già insufficienti risorse economiche a disposizione e cercare di far durare il più a lungo possibile un combattimento che comunque, sin dall'inizio, ha un solo scontato vincitore.

Non si possono mai pagare tutti i debiti, si deve necessariamente fare una scelta fra l'uno e l'altro, e pagare per primi quelli più pericolosi. Al primo posto della classifica c'è Equitalia, che applica dei tassi e delle sanzioni che vanno ben oltre l'usura. Per questo motivo la prima preoccupazione è cercare di non fare arrivare a Equitalia le cartelle esattoriali che spedisce l'Agenzia delle Entrate. Normalmente le cartelle si possono rateizzare con scadenze trimestrali, e gli interessi applicati non sono particolarmente elevati, ma se si saltano una o due rate la pratica passa a Equitalia. A quel punto sono cazzi, perché le rateizzazioni sono solo mensili e le penali spropositate. Regola numero uno, quindi: per prima si paga l'Agenzia delle Entrate (ma spesso sono io il primo a infrangerla).

Un altro nemico insidioso sono le amministrazioni comunali: le infrazioni stradali di solito non prevedono grandi importi, ma da qualche anno si fa ricorso a un mezzo coercitivo formidabile come il fermo amministrativo del veicolo. Un'auto sottoposta a fermo non può circolare: se ti fermano la sanzione supera i duemila euro, e se hai un incidente l'assicurazione non paga. Regola numero due: le multe stradali si pagano appena possibile.

Anche i contributi vanno pagati, perché altrimenti si rientra nel penale, e per lo stesso motivo bisogna stare attenti a non omettere di versare l'iva per un importo superiore ai cinquantamila euro annui.

Ormai sono diventato un esperto in materia. Ho pensato perfino di sostituire una delle solite pallosissime proposte di diritto condominiale con un suggestivo e indispensabile opuscolo su «Come difendersi dai debiti».

Debiti penosi e vergognosi. Ma ora c'è Pio che sta chiudendo il piano di ristrutturazione, e quando lo avrà chiuso ti verserà un sacco di soldi. Ormai manca poco, e allora cominci a pensare a cosa fare con quei soldi. Pensi che finalmente le cose stanno cambiando, che finalmente la lotta è finita.

Pio invece ti tradisce. Chiude il piano e paga tutti tranne te. Gli altri li paga perché non sono suoi amici e hanno preteso un contratto, ma tu un contratto firmato non ce l'hai, perché tu sei suo amico, e Pio non ti paga.

Lì per lì non ti dice niente. Aspetta di firmare il piano nello studio di Delbech, e quando uscite ti saluta come se niente fosse; anzi, andate pure a prendere un aperitivo che offri tu, per festeggiare. Dopo dieci minuti però senti suonare il telefono. All'inizio pensi a uno scherzo, ma quando dice «Ho parlato con mio fratello, abbiamo deciso che non ti dobbiamo nulla. In fondo non hai fatto quasi niente», allora capisci che non sta scherzando, che "il tuo grande amico" non ti pagherà, che in realtà non ha mai avuto alcuna intenzione di pagarti, perché tu pensavi di essere suo amico e un contratto firmato non ce l'hai.

18

La forza di Pio, una delle tante, è che per lui non esistono debiti vergognosi o poco etici. Per lui non è un problema avere milioni di euro di insoluto con le banche, che sa benissimo (e lo sanno anche le banche) che non restituirà mai. Anzi, per lui «un vero imprenditore deve avere solo debiti»; me lo avrà detto milioni di volte, e adesso finalmente capisco cosa intendeva. Debiti non solo con le banche ma anche con i professionisti che come me non hanno uno straccio di contratto da far valere.

Pio non ha figli, mogli o alimenti da pagare. Pio basta a se stesso, passa le serate da solo a guardare i documentari sui nazisti scappati in Argentina. Pio per vivere ha bisogno dell'adrenalina che gli procura la sfida di spingersi sempre un po' oltre, di fare cose che nessuno ha mai pensato di fare, di investire milioni di euro in un'azienda il cui statuto voluto da lui e dal fratello prevede che «tutti gli utili vadano alla Chiesa Cattolica», anche se non penso sia mai entrato in chiesa in vita sua.

Una volta gliel'ho anche chiesto: «Perché proprio la Chiesa Cattolica?»

«Ma niente... È per i nostri genitori, che andavano sempre a messa» ha risposto. «Tanto utili noi non ne faremo mai.»

Pio basta a se stesso, e per stare bene non ha bisogno d'altro che di suo fratello e di avere qualcosa di sufficientemente impegnativo da fare durante il giorno, prima di ritirarsi nell'attico con ampio terrazzo con vista sulla città dove non mi ha mai fatto entrare, nonostante glielo abbia chiesto più volte.

I due fratelli occupano i due appartamenti che compongono l'ultimo piano di un palazzo nel cuore della Crocetta, quartiere della borghesia ricca. L'appartamento lo hanno comprato a un'asta; ormai non c'era che l'imbarazzo della scelta, perché molte famiglie non avevano retto la crisi o avevano accumulato debiti per mantenere una facciata di prosperità che non andava d'accordo con i conti in banca, fino a perdere tutto.

Del resto in quel palazzo ci ero già stato diverse volte: fino a qualche anno fa al secondo piano abitavano tre sorelle, note in città per la loro esuberanza e la scarsa morigeratezza. Tra costosissime disintossicazioni, spese legali per i processi per possesso di stupefacenti e in un caso (la minore delle tre, quando i genitori avevano finalmente cominciato a tagliarle i fondi) per prostituzione, sono riuscite nella non facile impresa di dilapidare i beni del padre, ex generale dei carabinieri. L'alloggio è stato svenduto, e le tre sorelle con i genitori sono andate a vivere in un quartiere meno prestigioso.

In città del resto la divisione tra classi sociali si è fatta meno netta, mentre molti anni fa c'era un confine invisibile che divideva i ricchi da sempre dai ricchi da poco. I primi, di antica generazione, erano rimasti in collina, dove ancora oggi occupano quelle che con una certa eleganza vengono chiamate Le Vigne. Professionisti e dirigenti d'azienda, invece, i nuovi ricchi, avevano preso possesso della Crocetta, quartiere elegante e con pochissimi mezzi di trasporto pubblici, così da renderlo irraggiungibile dagli abitanti dei quartieri meno nobili. Al ceto medio erano toccati quartieri popolari come Santa Rita e Vanchiglia. Infine gli operai e gli immigrati dal Veneto e dal Sud vennero relegati nelle periferie appositamente costruite come Mirafiori e Falchera Nuova.

Pio e il fratello potrebbero starsene in collina, ma hanno preferito fare un affare e comprare l'appartamento dell'ennesima famiglia in rovina. Da quello che so hanno persino litigato, cosa rara per loro, perché solo uno degli alloggi aveva in salotto un'ampia vetrata affacciata sulle montagne. Alla fine hanno risolto così, mettendo nero su bianco davanti a un notaio che l'avrebbero occupato quattro anni a testa, tirando a sorte per stabilire a chi sarebbe toccato andarci a vivere per primo.

19

Pio dice spesso di non aver bisogno di soldi, e forse è anche vero, però i soldi che ha, tanti, gli permettono di tenere a distanza quell'umanità che di sicuro non ama e che non vede ragioni di frequentare se non per lavoro. Ha sopportato persone come Delbech e gli avvocati della banca, che mai avrebbe voluto incontrare, e ora che non ha più niente a che vedere con loro di sicuro si sente sollevato.

Di me invece si è liberato senza il minimo sforzo e senza neppure dover pagare, con una semplice telefonata che fin dall'inizio sapeva che avrebbe fatto. Non me l'ha neanche detto in faccia: prima abbiamo pure preso un aperitivo, appena usciti dallo studio di Delbech; poi mi ha telefonato, come se niente fosse. «Ho parlato con mio fratello, abbiamo deciso che non ti dobbiamo nulla.»

La sera della telefonata ho in programma una corsa; niente di speciale, una di quelle gare cittadine che frequentano i podisti dilettanti come me. Decido di partecipare ugualmente, anche se sono a pezzi e sento solo un buco nero nello stomaco. Spero almeno di distrarmi, di non pensarci, come correndo mi è accaduto tante volte. Spero anche, finita la gara e riacceso il telefono, di trovare un suo messaggio che mi dice: «Dai, era solo uno scherzo. Mica ci hai creduto veramente? So quello che hai fatto per me, Arturo. Certo che ti pago».

Quando riaccendo il cellulare però non c'è nessun messaggio di Pio, ma solo uno di Andrea che mi ricorda di portargli i soldi per la gita al Museo Egizio.

Tornando a casa dopo la corsa penso per la prima volta che sia davvero finita, e di dire la verità a moglie e figli. Poi quando arrivo li vedo occupati ognuno nelle proprie attività serali, tutto sommato un perfetto quadro famigliare che io e Diletta abbiamo costruito con fatica e adattandoci a una situazione che «nessuna famiglia avrebbe voluto», come aveva detto (giustamente) mia suocera anni prima. Allora, invece di dire la verità, rispondo a mia moglie, quando me lo chiede distrattamente, che la giornata è andata bene, «come sempre».

I giorni successivi cerco spesso Pio, alternando messaggi scherzosi dove gli ricordo il suo debito ad altri in cui gli comunico che se non mi paga gli farò causa. Lui ai messaggi risponde qualche volta, fissando appuntamenti ai quali regolarmente non si presenta, facendo ben attenzione a non avvisarmi neppure. Forse spera che mi stanchi, o semplicemente non gliene frega niente di me e del mio presunto credito.

Pio mi ha scaricato quando ha capito che non aveva più bisogno di me, né come avvocato né tantomeno come amico, e sono sicuro che lo ha fatto senza il minimo rimpianto, solo con un certo fastidio perché continuo ad avanzare richieste economiche secondo lui del tutto illogiche, quando sarebbe molto più opportuno da parte mia dileguarmi senza lasciare traccia, un po' come Franco e Piero. La mia uscita di scena dovrebbe essere silenziosa e improvvisa, come quelle comparse che intravedi appena in un film e dopo un minuto neppure ti ricordi.

D'altronde il mio ruolo è stato proprio quello della comparsa. Mi ha tollerato, immagino, proprio perché era prevista dal copione scritto dalla banca la presenza di un avvocato che lo assistesse; ma ora che questa necessità è venuta meno devo liberare il campo senza tante storie, e soprattutto non devo fare una cosa così volgare come chiedere di essere pagato per il lavoro svolto.

Alla fine mi concede un appuntamento, mezz'ora prima che ci si debba vedere dal notaio per l'atto pubblico che recepirà il piano di ristrutturazione, e questa volta, anche se in ritardo, arriva davvero. Penso che lo faccia più che altro perché ha paura che io sia così disperato da salire e fare una scenata davanti a tutti i firmatari del piano, i vari professionisti e i responsabili della banca. Perché sa che senza quei soldi sono nella merda.

Ci troviamo in un bar vicino allo studio del notaio. Pio arriva con un ritardo del quale neppure si scusa. Però viene, e ci troviamo per la prima volta uno di fronte all'altro dopo la telefonata in cui mi ha scaricato.

Ho aspettato questo momento e sperato che mi dicesse: «La nostra amicizia vale ben più di quei quattro soldi che ti devo, e naturalmente devi essere pagato, tanto è denaro che mi presta la banca e che sanno benissimo anche loro che non restituirò mai». Per me i soldi sono importanti e mi spiace perderli, ma non voglio perdere neppure l'amico, la stima e il sincero affetto che ho sempre avuto per lui.

Arriva in ritardo, sicuramente per far durare il nostro incontro il meno possibile. Tra poco dovrà salire dal notaio per la firma definitiva del piano, e questa è l'unica cosa che conta.

La persona che mi sta davanti non è più Pio, o almeno non è la persona che credevo di conoscere. È un perfetto estraneo. Non è neppure vestito come Pio: indossa un impeccabile vestito chiaro di ottimo tessuto, con tanto di camicia e cravatta, che non gli avevo mai visto in vita mia. Mi verrebbe da dirgli «Ma come sei elegante... Finita la fase della ribellione?», ma decido che è meglio stare zitto e sentire prima cosa mi dirà lui, nella speranza che abbia cambiato idea.

Pio, o chiunque sia adesso, mi guarda con disprezzo e assoluta freddezza. Non vede l'ora che mi levi di torno una volta per tutte, così può salire dal notaio a firmare quel cazzo di piano e salvare la sua azienda.

Ci pensa lui a togliermi dall'imbarazzo. Appena si siede mi dice che la devo smettere, perché non ha nessuna intenzione di pagarmi, e se proprio voglio avere i miei soldi dovrò fargli causa. Non lo dice con cattiveria, lo dice e basta: «Senti, la devi smettere. Non ti devo niente e ti ho pagato fin troppo per quello che hai fatto. Fammi causa, se vuoi», poi si alza e sale dal notaio, senza neppure fermarsi a sentire cosa ho da dire.

Il discorso si esaurisce in pochi secondi, e prima di voltarmi le spalle dice soltanto: «Ci vediamo», e questa volta si guarda bene dal farmi la sua solita domanda su chi vedo ancora degli altri. Forse con la ristrutturazione ormai avviata anche questo rito deve aver perso importanza.

Ribatto: «Pio, ti faccio causa», e mi stupisco di rimanere così freddo. Dopo di che saliamo, lui davanti e io inesorabilmente dietro, neanche fossi la sua guardia del corpo. Arrivati dal notaio la segretaria, un po' stupita di vederci a pochi metri di distanza l'uno dall'altro, ci fa entrare e ci porta nella bellissima sala ovale dove vengono stipulati gli atti.

Il notaio non c'è ancora (del resto prima di fare il suo ingresso aspetterà, da prima donna qual è, che ci siano tutti), ma ci sono già i professionisti che si sono occupati del piano: quelli di Pio e gli avvocati della banca, tutti allegri come una scolaresca in gita, ben felici di aver già ricevuto da giorni il sospirato e cospicuo compenso.

Appena entro c'è un attimo di silenzio e di smarrimento, come se la mia presenza non fosse prevista. Saluto tutti ma nessuno mi risponde, se non forse, con voce sommessa, il collega ciccione imbretellato; poi vado a sedermi nell'unico posto rimasto libero ai lati dell'enorme tavolo in legno massiccio che si trova al centro della stanza.

Non vedo Delbech, ma sono sicuro che non entrerà dalla finestra (ultimamente mi pare che somigli sempre meno a un uccello), bensì a braccetto con il notaio, del quale è amico da anni.

Anche se la mia presenza non è indispensabile, dal notaio sono salito anch'io per dare fastidio a Pio e per la rabbia, ma soprattutto perché quel piano l'ho portato avanti come e più degli altri, e ho sperato e lottato perché venisse firmato. Ho sperato sia per Pio sia per me, perché fosse un nuovo inizio per entrambi.

Nessuno mi rivolge una parola di incoraggiamento. Del resto siamo tra professionisti adulti e maturi che conoscono le regole non scritte del gioco. Nessuno di loro è stupito; forse si sarebbero meravigliati di più se Pio mi avesse pagato pur senza lo straccio di un contratto.

Il notaio Ravagliati Sforza entra insieme a Delbech e dice due spiritosaggini ai funzionari e ai legali della banca, che conosce bene: «Vedo più spesso voi che mia moglie. Non vorrei cominciasse a pensar male». È così gentile da salutare anche me, nonostante credo che non sappia chi sia e che cosa ci faccia lì.

Prima di stipulare l'atto il notaio ci tiene a dire un altro paio di battute, e riesce a infilarci un commento sul golf, tanto per farci capire che lui è un tipo cool e che il successo non lo ha guastato neanche un po'. Dopo di che finalmente passa al rogito. Durante la lettura dell'atto io neppure ascolto, non mi riguarda più, e mi concentro sulle pareti della sala, su cui invece di foto del notaio in viaggio o durante qualche competizione sportiva ci sono quadri di notevole pregio, più che altro nature morte, in linea con il mio umore del momento.

Quando la lettura è terminata e l'atto firmato, il piano si può considerare definitivamente concluso. A quel punto il notaio fa un'ultima battuta che vuol essere divertente, poi esce dalla stanza, sempre con quel sorriso di benevola condiscendenza, come se si fosse prestato a quella noiosa incombenza non per una lautissima parcella ma per pura cortesia nei nostri confronti.

Mi alzo anch'io. Quando sono sulla porta Pio, forse per l'imbarazzo evidente che gli causa la mia presenza, mi dice «Ti chiamo», ma so benissimo che non lo farà mai.

Gli rispondo in modo che tutti sentano: «Sono salito solo per essere sicuro che firmassi, così ora posso farti causa». Poi me ne vado, credo senza suscitare troppi rimpianti da parte di nessuno dei presenti.

In corridoio incontro il notaio, che nell'ultimo tardivo sforzo di capire chi diavolo sia mi chiede: «Va già via?»

«Sì, notaio» gli rispondo. «E mi raccomando, tenga le finestre chiuse perché a volte il suo amico Delbech usa quelle per uscire.»

«Ah...» ribatte lui, neppure troppo stupito. Forse lo ha visto anche lui entrare qualche volta dalle finestre, oppure tra i potenti questa passione è ben nota e la pratica lo stesso notaio.

Il giorno dopo, come programmato, partiamo per New York. Tutto sommato non va male. Vedere la felicità di Andrea per un viaggio che gli avevo promesso da anni, e vedere mia moglie e i ragazzi andare così d'accordo e scherzare tra di loro come mai hanno fatto mi commuove. Forse stiamo diventando una famiglia.

Il soggiorno subisce solo qualche variazione: la cena dal carissimo e molto chic Momofuku viene sostituita da una decisamente meno costosa cena cinese, e invece di portare i ragazzi a vedere un musical, come gli avevo promesso, andiamo tutti al cinema.

Decido che per questi pochi giorni posso impormi di non pensare a Pio. Lui figli non ne ha, quindi si tenga pure i suoi soldi; io mi tengo mia moglie e i miei magnifici ragazzi. E poi, penso mentre l'aereo ci riporta a Malpensa, sono un lottatore, e a quei soldi non rinuncio, anche a costo di fargli davvero causa.

20

Anche se sono più o meno riuscito a non pensare a Pio, a New York il telefono l'ho sempre guardato, e di sue chiamate o messaggi nemmeno l'ombra. Così appena tornato lo cerco, e dopo un po' di insistenze ci vediamo. Stavolta niente bar: appuntamento in una piazza in pieno centro.

Quando arrivo, puntuale, vedo che stranamente lui è già lì, al telefono, e ci resta venti minuti senza degnarmi di uno sguardo. Mi ha visto benissimo ma non si scompone. Passeggio a qualche metro di distanza, ammirando le volte e i portici che impreziosiscono la piazza tanto da farla sembrare un salotto, poi quando finalmente Pio chiude la telefonata vedo che aspetta senza muoversi di un centimetro che vada io da lui.

L'atteggiamento è sempre lo stesso dell'altra volta; anzi, è ancora più mal disposto nei miei confronti. Pio è sempre stato un freddo, uno che si tiene le emozioni dentro e non lascia trasparire nulla all'esterno. Fino a qualche tempo fa però mi sembrava fosse una disciplina che si imponeva ma che gli costava un certo sforzo; adesso invece, firmato il piano e salvata l'azienda, lo vedo più sereno, come se si fosse tolto di colpo tutto il peso che portava. Allora forse non era così speciale come credevo, mi viene da pensare; forse è solo uno stronzo come tanti altri che ho conosciuto in passato e che non vogliono pagare le parcelle degli avvocati.

Appena lo raggiungo mi aggredisce: «Senti, ho pochissimo tempo. Cosa vuoi?» come se non sapesse perché lo inseguo da settimane.

«Voglio i miei soldi, Pio. Quelli per cui ci eravamo accordati e che non mi hai dato.»

Mi trattengo dal dargli del buffone perché non voglio che la cosa degeneri, ma lui perde la pazienza lo stesso e mi urla addosso che ho rinunciato a un sacco di soldi, quelli che mi avrebbe dato se non avessi chiesto nulla per il piano e avessi accettato di fare ancora il suo consulente, che non bisogna essere avidi e che non è colpa sua se ho dei problemi economici.

Gli spiego ancora una volta che non ci si comporta così, che se dai la parola la devi mantenere, che così rovina tutto, non solo il rapporto professionale ma anche l'amicizia, che non può davvero pensare che io possa continuare a lavorare per lui come se niente fosse dopo che mi ha tradito, e mentre gli faccio la mia bella esibizione di buoni sentimenti mi chiedo se gli freghi di meno perdere l'amico (del quale di sicuro ora non sa che farsene) o il professionista (di cui certamente non ha più bisogno). Gli dico che non sono affatto avido, che possiamo metterci d'accordo: «Dammi settantamila euro e la chiudiamo qui» .

Lui non alza mai lo sguardo e continua a ripetere: «Neanche un euro».

Prima di congedarci, quando ormai è evidente che ho del tutto perso la sua attenzione, mi gioco un'ultima carta. La butto sul patetico e gli dico: «Pio, siamo a una svolta. Se ora mi paghi restiamo amici e lo saremo sempre. Diversamente non lo saremo mai più e quando ci incontreremo tra anni magari neppure ci saluteremo».

Opta (direi senza grandi esitazioni) per la seconda possibilità: «Fai come vuoi, ma io non ti do neanche un euro. Ciao» e se ne va.

Finisce così sia la nostra amicizia sia il rapporto professionale che ci ha visto combattere fianco a fianco una battaglia difficilissima contro dei poteri forti che neppure sapevo quanto fossero reali. Finisce una mattina qualunque. Niente soldi, niente cliente, niente amico.

Mentre si allontana ho la certezza che non ci vedremo più nemmeno per sbaglio; al limite mi telefonerà per insultarmi quando riceverà la prima raccomandata del mio legale. Infatti la causa ho deciso che gliela faccio: perché quei soldi me li ha promessi e me li deve, perché ho lavorato duro per lui e per la sua maledetta azienda affinché potesse ottenere l'approvazione del piano, perché mi ha preso per il culo sin dall'inizio, perché mi ha detto non so quante volte di seguito «Neanche un euro», perché mi ha costretto ad ascoltare per mesi tutte le sue cazzate sui nazisti in Sudamerica, e non ultimo perché ho dovuto rispondere infinite volte alla stessa domanda «Vedi ancora gli altri?».

E poi lo credevo un amico. Per lui mi sono battuto come un soldato leale, e questo ha un prezzo.

Gli faccio causa per tutti questi buoni motivi, mentre dei soldi in sé tutto sommato non mi importa molto. Per come sono fatto, quelli non sono mai da soli un buon motivo; inoltre sono talmente abituato agli slalom tra i vari creditori che forse mi sono persino adattato a questa situazione, e magari se davvero di colpo potessi pagare tutti i miei debiti... chissà, capace che mi mancherebbe qualcosa.

Anche nei periodi più bui, anche quando non avevo neanche i cinque euro per andare a vedere mio figlio giocare a calcio il sabato pomeriggio, non ho mai pensato che i soldi fossero realmente importanti; al limite che fosse una gran seccatura non averli.

Ma se dovessi chiarirmi le idee su chi sono i veri poveri, categoria alla quale nonostante tutto ancora non appartengo, mi basta uscire dallo studio e attraversare la strada, dove un poveraccio, partito da chissà dove per sfuggire alla guerra o alla fame o a entrambe, ha attraversato deserti (magari a piedi) e mari (magari su navi traballanti), è diventato inconsapevole oggetto di infiniti dibattiti televisivi su come affrontare l'emergenza migranti e infine si è materializzato di fronte a me, nella speranza che io oggi sia magnanimo e abbastanza di buon umore da allungargli qualche spiccio.

Quindi, dato che io non ho attraversato deserti, fomentato dibattiti televisivi e neppure solcato i mari, ma solo incontrato uno stronzo che non mi vuole pagare, fanculo Pio e avanti con la causa.

Oggi sono usciti ben due miei pezzi, cosa mai successa prima: credo che per l'ego ipertrofico dei colleghi sia stato un colpo durissimo.

Due articoli (di fatto monopolizzo la metà superiore di una pagina del quotidiano) sono una cosa insolita, il che mi pone francamente dei problemi, anzitutto di postura. Quando vengo pubblicato non cammino come faccio normalmente, ma assumo un portamento che rispecchi la mia posizione di Uomo del Giorno: passo veloce e sguardo fisso di fronte a me, a far capire che anche se non posso dire il motivo sono certamente in cammino, in senso metaforico e letterale, verso prestigiose mete negate ai comuni mortali.

Questo vale per un solo articolo, quindi per due devo inventarmi qualcosa di adeguato. Alla fine opto per una passeggiata nei corridoi del tribunale con diverse copie del giornale (aperte alla pagina giusta) che poi distrattamente dimentico in svariati punti strategici del palazzo.

Il problema è che tutti i professionisti dicono di leggere i quotidiani economici, ma solo pochissimi lo fanno davvero, mentre si abbandonano volentieri (io per primo, lo ammetto) alla lettura scrupolosa della "Gazza" o di "Tuttosport". Quindi non è solo difficile farsi pubblicare ma anche farsi leggere, e la gioia di essere pubblicati è direttamente proporzionale alla certezza inequivocabile di non essere letti.

L'ideale, in sostanza, sarebbe che uno ti fermasse per strada e ti dicesse: «Ho letto il tuo articolo, davvero notevole», così si potrebbe fingere un certo disinteresse e rispondere cose tipo: «Ma figurati, sono le solite cose».

Purtroppo l'ideale non si verifica quasi mai, e nessuno, almeno sino ad oggi, mi ha mai fermato per commentare un mio articolo.

L'unico che mi legge con attenzione è mio padre, perché il giorno prima gli segnalo che uscirà un mio contributo sul giornale, con tanto di indicazione della pagina esatta in modo che non si perda, e il giorno dopo passo da loro e lo interrogo. Ultimamente devo dire che mi sembra piuttosto disattento, e fa un po' fatica a ripetermi con parole sue quello che ho scritto. Evito di rimproverarlo solo perché l'età comincia ad essere piuttosto avanzata.

21

Prima di fare causa mando una raccomandata a Pio; anzi, gliela manda Luca, il mio legale, che gli chiede, come si fa in questi casi, quanto mi deve, ovvero l'importo pattuito a mio favore per l'attività inerente la ristrutturazione del piano, avvisando che se trascorsi otto giorni «dal ricevimento della presente» non avrà pagato gli faremo causa. Alla lettera risponde pochi giorni dopo il legale di Pio, un mio vecchio compagno di università che a dire il vero non mi è mai sembrato un genio, dicendo che il suo cliente non mi deve nulla, il famoso "neanche un euro" tradotto in impeccabile linguaggio giuridico, e che faccia pure causa se lo ritengo opportuno.

E allora faccio causa davvero, o più esattamente chiedo un decreto ingiuntivo, che per fortuna il giudice dopo poco mi concede, condannando l'azienda di Pio a pagarmi quanto mi deve entro quaranta giorni «pena l'esecuzione forzata ai sensi di legge».

Pio tramite il suo legale fa opposizione com'è suo diritto, ma alla prima udienza il tribunale mi concede la provvisoria esecuzione del decreto. Tradotto: la causa continua, ma Pio intanto deve pagare.

Com'era prevedibile, nonostante l'ingiunzione del tribunale, Pio non paga e io parto con i pignoramenti: prima i conti correnti (mai litigare con il proprio avvocato), poi i crediti che gli deve il suo miglior cliente. Sui conti correnti troviamo poche migliaia di euro (spiccioli, come li ha sempre definiti Pio), mentre il pignoramento dei crediti va a buon fine.

La causa prosegue, e inevitabilmente si arriva all'udienza, in cui devono essere sentiti i testimoni di entrambe le parti: i professionisti che hanno concorso all'attuazione del piano, qualche funzionario della banca e, per la parte di Pio, un paio di dipendenti che dovrebbero giurare che in azienda non andavo quasi mai.

Pio, oltre ad avere torto (e questo per me è un grande vantaggio), nel corso del giudizio si difende male, malissimo: un vantaggio ancora maggiore. Al primo legale, che denuncia Pio per ingiurie dopo la sobria reazione del mio ex amico alla notizia del pignoramento dei conti, ne segue un secondo, mai sentito, che si barcamena con contestazioni inverosimili che sono insulti alla professionalità di qualunque avvocato.

All'udienza durante la quale vengono sentiti i testimoni non vado: non ne vedo il motivo, e immagino già cosa diranno. Mi sbaglio, però, perché il terribile Raniero Delbech, che pure mi disprezza, forse perché odia con altrettanta forza anche Pio o forse perché semplicemente decide di dire «tutta la verità» come scritto nel foglietto che il giudice sottopone ai testimoni, conferma che il mio ruolo nell'adozione del piano di ristrutturazione è stato determinante e che quindi secondo lui il compenso stabilito mi è dovuto a tutti gli effetti.

I dipendenti di Pio e il commercialista suo amico al quale ora si appoggia dichiarano naturalmente che non ho fatto quasi nulla, ma è chiaro che con la dichiarazione resa dal notissimo Delbech, stimato anche all'interno del tribunale, le loro dichiarazioni non saranno determinanti.

Luca, il mio avvocato, che conosco da anni e che ho scelto per la bravura e il tatto con cui l'ho visto comportarsi in diverse occasioni, mi comunica l'esito della causa una mattina mentre sto per mettere gli sci ai piedi: «Abbiamo vinto» dice.

Io penso che veramente abbiamo vinto, ma vinto innanzitutto sull'amicizia tradita. Questo mi fa sentire leggero come non mi succedeva da anni, e penso che non ci sia posto migliore di un magnifico bosco da attraversare con gli sci stretti ai piedi per festeggiare una notizia del genere.

Quasi avevo smesso di pensare a lei, ed ecco che invece Carmen torna prepotentemente alla ribalta e riprende le sue antiche cattive abitudini: propone «Il distacco dall'impianto del riscaldamento centralizzato: è ammissibile?» precisando che «non può seguire tutto e tutti», e che quindi non sa se l'argomento è già stato trattato o no.

Dopo pochi minuti, senza aspettare che Renato replichi alla sua ultima stizzosa proposta di contributo, propone un nuovo pezzo su «Il balcone aggettante. Ultimi indirizzi della giurisprudenza».

Secondo me ci ha pensato parecchio, e ha deciso di far pesare la sua assenza sulle pagine del quotidiano e attendere semmai che fosse qualcuno del giornale o lo stesso Renato a pregarla di rientrare. Il fatto è che nessuno l'ha richiamata, e la mia duplice uscita sul giornale l'ha certamente convinta a rompere gli indugi.

Ma non si tratta solo di questo: di mezzo c'è la presenza sempre più frequente sulle pagine del quotidiano di nuovi contributi dell'astro nascente Ambra. Quest'ultimo è un affronto difficile da digerire, quindi decide di riprendersi il suo spazio momentaneamente ceduto alla bella (e giovane, ho controllato) Ambra, utilizzando l'unica tattica che conosce e pratica da anni: l'attacco massiccio e inarrestabile.

22

Spesso odio i ricchi, ma odio sempre i loro avvocati: li conosco, anzi li riconosco da come camminano con sicurezza e disprezzo per la misera umanità che li circonda senza averne titolo, e da come si comportano quando sono davanti al giudice, con quella finta umiltà che mi fa venire il voltastomaco, mentre ai colleghi come me, che giudicano inferiori, riservano sempre la stessa aria annoiata e superiore.

Difendono i ricchi e si sono venduti l'anima (se difendi i ricchi l'anima almeno un po' la devi vendere), perché i ricchi hanno sempre ragione e si aspettano che la loro ragione venga riconosciuta. E il più delle volte succede proprio così.

Sono stato anch'io avvocato dei ricchi per una quindicina d'anni, quando avevo come cliente la multinazionale. Non ho mai perso una causa, un po' perché so fare il mio mestiere ma soprattutto perché i ricchi raramente perdono le cause, potendosi permettere i migliori specialisti in ogni ramo del diritto, mentre ai comuni mortali tocca affidarsi ad avvocati che magari fanno tutt'altro, ma che pur di avere un incarico accettano di occuparsi di una materia che non è la loro.

Quando li difendevo, i soldi per pagare le bollette non mancavano mai, perché le parcelle venivano pagate regolarmente senza bisogno di sollecitarle, come accade adesso. Però ricordo anche certi poveracci che abbiamo rovinato, gente che magari aveva sottoscritto un contratto di franchising con condizioni capestro, e che dopo un po' si trovava costretta a mollare l'attività e a vedersi pignorata la casa per far fronte ai debiti. Ricordo le loro facce, le loro espressioni da brave persone incredule per quello che gli stava capitando: si erano illusi di diventare ricchi (così gli avevano fatto credere), e invece avevano perso tutto quello che avevano.

Molti di questi titolari di franchising si erano riuniti in un'associazione per proporre una specie di class action contro la multinazionale che difendevo, con cause presso i tribunali di mezza Italia. Se ne avessimo persa una sarebbe stata la fine, perché avrebbe creato un pericolosissimo precedente. Ma non è mai successo: tutte vinte, e io so benissimo che non sempre avevamo ragione. È semplicemente il sistema che si autoprotegge, che difende i forti rispetto ai deboli, perché se vincessero i deboli il sistema crollerebbe. Il potere non sta dalla parte dei deboli: per loro non c'è giustizia, e sicuramente non ce n'è nelle aule dei tribunali.

Quando difendi i ricchi puoi anche permetterti di non guardare il giudice dritto negli occhi, perché basta il nome del cliente ad attirare la sua attenzione. Quando difendi i poveri contro i ricchi, invece, lo devi fare: fissarlo dritto negli occhi e fargli capire con lo sguardo che sappiamo tutti e due come stanno le cose, e vediamo adesso se hai il coraggio di fare davvero giustizia e di darmi ragione. E quando ti dà torto (succede quasi sempre), senti un vuoto allo stomaco perché hai appena assistito a un'ingiustizia alla quale non puoi porre rimedio.

Le aule dei tribunali possono essere posti terribili. Non parlo di quelle penali, dove c'è gente che ha ammazzato per il piacere di farlo, ma di quelle civili. Penso per esempio alle esecuzioni immobiliari, dove il debitore è invitato ad assistere all'udienza nella quale gli venderanno la casa, o alle esecuzioni mobiliari, dove all'asta ci va di tutto, dal salotto buono al televisore. Penso alle udienze degli sfratti per morosità, dove il giudice deve dire a dei poveracci che non hanno pagato l'affitto, a volte per aver perso il lavoro, che dovranno lasciare l'alloggio «entro il termine di grazia» (così si chiama) di novanta giorni.

Una cosa che mi ha sempre colpito è l'umiliazione (ma spesso anche la dignità) di queste persone, che per recarsi davanti al giudice quando il cancelliere chiama la loro causa devono lasciare quella specie di recinto dove aspettano tutti insieme il proprio turno e passare attraverso la schiera di noi legali, che assistiamo indifferenti, facendoci beatamente i fatti nostri e magari ridendo per la battuta di un collega al loro dramma, nella malcelata speranza che non facciano perdere troppo tempo al giudice e che così il nostro turno arrivi il prima possibile. Mentre passano, e soprattutto quando sono davanti al giudice, più o meno tutti cercano di darsi un contegno come se fossero lì per caso, e non ho mai sentito nessuno, forse per la vergogna, chiedere pietà o anche solo giustizia, ma solo quel maledettissimo «termine di grazia» di novanta giorni che non si nega neppure a dei poveracci come loro. Ho sempre cercato di non ridere quando passavano (almeno quello). Poi succede come ai funerali, che il dramma di pochi si consuma nella noia di tutti gli altri.

Ho difeso Pio non solo perché è ricco e pure un buon cliente, ma perché era un amico, e perché sembrava che per lui essere ricco fosse un effetto collaterale quasi inevitabile, vista la sua intelligenza e le sue capacità. L'ho difeso perché mi pagava, certo, ma anche perché mi piaceva il suo modo di fare, noi contro tutti (almeno così credevo). Che ingenuo. E lui per questo mi ha scelto come legale, il legale fuori dal sistema che difende un ricco non omologato. Non ci poteva essere copertura migliore, fino a quando ne ha avuto bisogno.

In realtà Pio del sistema non ha mai veramente voluto fare a meno. Gli ha fatto comodo farlo credere perché la sua battaglia sembrasse condotta per fini etici e non economici, come se i suoi metodi per arricchirsi fossero migliori di quelli dei suoi concorrenti. Ha sempre fatto le stesse cose, ma ha voluto farle sembrare diverse, più etiche. E per rendere il tutto credibile non poteva certo rivolgersi a uno dei grandi studi legali proni al sistema; no, ha chiamato un avvocato sconosciuto, un suo vecchio compagno di classe che non gli avrebbe mai chiesto di firmare un contratto per l'incarico ricevuto e del quale ci si poteva liberare facilmente non appena ottenuto l'accordo con le banche.

23

Le cose naturalmente non vanno sempre male. Ci sono rari momenti, quando i clienti inaspettatamente pagano e per un attimo sul conto corrente si vede il saldo positivo (o anche solo, come nel mio caso, non pesantemente negativo), in cui ci si sente di nuovo in pace con il mondo e senza i soliti pensieri pesanti.

Il problema è che non appena arrivano i soldi non c'è il tempo di assaporare la tranquillità ritrovata che si deve immediatamente pensare a come distribuirli tra i vari creditori, e una volta pagati i debiti più pericolosi o imbarazzanti si ritorna al punto di partenza.

Mia moglie, a causa di qualche spesa imprevista (nello specifico, l'acquisto del divano che al mio ennesimo tentennamento ha deciso di accollarsi lei), va in rosso. Per lei, che non è abituata, questo equivale più o meno ad avere stampato in fronte il marchio dell'infamia.

Quando la banca l'avvisa di un piccolo sconfino sul conto mi chiama in ufficio, cosa che non succede praticamente mai, e mi chiede di farle immediatamente un bonifico di poche centinaia di euro per tornare *in bonis*. Le rispondo che lo farò subito, ma non avendo i fondi rimando, e spero che nel frattempo non controlli sul conto.

Diletta però è una persona precisa e metodica, e due giorni dopo controlla. Naturalmente si incazza, perché con suo grande stupore è ancora in rosso, quindi fanno seguito, nell'ordine:

a) la mia giustificazione di essermene dimenticato perché lavoro troppo,
b) una sua lunghissima quanto articolata tirata (interrotta solo da qualche singhiozzo estemporaneo, come di chi sta per cedere al pianto ma per fortuna e con grande sforzo di volontà si trattiene nonostante la palese ingiustizia subita) sul fatto che ormai può contare solo sui suoi genitori, ai quali il giorno dopo chiederà dei soldi, mentre sul marito («per una volta che ti chiedo di aiutarmi»), è chiaro che non si può fare alcun affidamento, con un immancabile quanto spiacevole riferimento alla mia prima moglie, disoccupata, che grazie al mio denaro (in verità non le passo gli alimenti con regolarità da anni, ma lei questo non lo sa) vive nel lusso più sfrenato,
c) una mia reazione alterata dove le faccio presente con pochissima eleganza che vive a mie spese in una casa in collina dopo aver lasciato i trenta metri quadri in periferia (in verità erano almeno cinquanta, e la zona non era niente male) dove viveva prima,
d) una sua considerevole esplosione, immancabile tutte le volte che l'accuso di vivere a mie spese,
e) la mia minaccia di separarmi, totalmente inverosimile, non fosse altro perché versare due alimenti (o

anche non versarli) è davvero fuori discussione, e per concludere

f) un silenzio finale nel quale pieni di disprezzo ci prepariamo per andare al concerto di Peter Gabriel, al quale io tengo tanto e i cui biglietti ho comprato mesi fa.

Al concerto ci andiamo in moto e sempre in silenzio, come in silenzio ci avviamo ai nostri posti insieme a un pubblico non esattamente giovane. Credo che mia moglie sia l'unica sotto i cinquanta, e Peter Gabriel fa tenerezza quando chissà perché, invece di starsene fermo o addirittura seduto come si conviene a una persona di una certa età (nonostante si tratti di una rockstar), accenna qualche stanco passo di danza.

In silenzio sentiamo le prime canzoni, poi a un certo punto la vedo con la coda dell'occhio mentre muove il collo ritmicamente avanti e indietro, e siccome lo sto facendo anch'io (questo è il massimo del coinvolgimento emotivo che ci permettiamo) decido che due adulti che litigano in silenzio e muovono a turno il collo e la testa avanti e indietro come due cocorite sono decisamente troppo ridicoli, quindi le prendo la mano e le dico che ha ragione e le chiedo scusa. Come sempre, l'unico modo di smettere di litigare è la mia totale sottomissione e assunzione di ogni colpa.

Le chiedo scusa sinceramente pentito (falso): al concerto ci è venuta in minigonna e stivali coi tacchi alti, quindi, dato che sono l'unico qui con la moglie giovane e bella, non vorrei precludermi la possibilità di farci l'amore una volta tornati a casa. E lo faremmo anche, se Peter non avesse smesso di zampettare penosamente sul palco solo a tarda notte, costringendoci a un'ora troppo tarda per avere ancora energie e tempo sufficienti se non per una sveltina, che in genere (io la chiamo la laterale, perché la eseguo di lato, la posizione più comoda) mi concede solo quando secondo lei non ho nulla da farmi perdonare.

Il bonifico comunque non gliel'ho fatto, quindi il giorno dopo è costretta a chiedere i soldi ai suoi.

Tanto meglio, trecento euro risparmiati.

Nel nostro circolo di sapienti, un indice sicuro per giudicare il grado di prestigio di ciascuno è la familiarità che utilizziamo nelle comunicazioni rivolte a tutti e indirizzate a Renato. Si parte dal Caro Renato o Caro Farelli, utilizzato da pochissimi eletti, al formale e distaccato Gentile Dottore, che utilizziamo in molti, per scendere sino all'Egregio Dottor Renato Farelli, che è la cartina di tornasole per individuare gli appartenenti alle classi più umili, di solito i nuovi entrati.

Renato, viceversa, usa lo stesso tono asettico e distaccato con tutti, e, salvo punte inaspettate di sadismo, non abbandona mai la consueta professionalità.

Devo comunque spezzare una lancia a favore di Carmen, che avrà i suoi difetti (un'insistenza direi senza limiti) ma almeno con la sua esuberanza partecipa attivamente e tiene un po' tutti su di morale.

Chi invece proprio non sopporto è M.G. da Pescara: M.G. propone e scrive pochissimo, anche se è stato uno dei primi ad essere chiamato da Renato a far parte della schiera di autori. M.G. scrive poco, ma appena uno dei partecipanti più sfigati e meno conosciuti (quindi anch'io) fa una proposta per un pezzo, lo critica aspramente con argomenti capziosi e concludendo con un richiamo a una maggiore meditazione sul valore del contributo proposto.

Renato in questi casi interviene ma più spesso lascia fare, immagino più per noia e totale disinteresse che per altro. Di solito risponde quando il dialogo tra sapienti sta veramente degenerando (succede perché ognuno di noi è convinto di essere il migliore, purtroppo mischiato a un branco di deficienti) e proprio non può farne a meno, pena perdere diversi autori della pagina.

Di recente c'è stato uno scontro epico che ha coinvolto tutti, compresi quelli che io chiamo i dormienti, esperti che da anni non danno segni di vita e dei quali nessuno sa se siano ancora in vita: dubbio lecito, visto che non si tratta esattamente di un circolo di ragazzini. È successo che proprio io ho proposto come argomento «La personalità giuridica del condominio», che è abbastanza una cazzata perché tutti noi pseudoesperti sappiamo che il condominio non ha personalità giuridica, ma è un semplice centro di interessi. Comunque io il pezzo l'ho proposto, in realtà nella speranza che Confedilizia, che da sempre si batte per ragioni di interesse per l'attribuzione della personalità giuridica al condominio, si accorgesse di me e mi chiamasse finalmente a far parte dei loro legali.

Credo che dopo aver letto la mia proposta M.G. sia stato tra la vita e la morte almeno per qualche minuto, e alla fine a tenerlo in vita sia stata proprio la certezza che una sua prematura dipartita avrebbe lasciato il mio crimine impunito.

Dopo pochi minuti ha scritto: «Se il pezzo viene

pubblicato io esco dal novero degli autori, e invito anche i colleghi a fare lo stesso, almeno coloro che abbiano un minimo rispetto per la cultura giuridica che rappresentiamo. Ricordo infine i gravi danni che potrebbero derivare ai lettori da un articolo del genere».

Ora, per quanto l'unico danno che potrebbe derivare da un mio articolo sarebbe una leggera sonnolenza, l'uscita di M.G. ha causato la rapida formazione di due schieramenti opposti, divisi su base territoriale: Nord contro Sud, con la povera Carmen che, essendo di Roma, non sapeva bene da che parte stare.

I due schieramenti si sono contrapposti a lungo con una sfilza di mail che alternavano il riferimento giuridico all'insulto vero e proprio sempre più esplicito, fino a quando Renato si deve essere definitivamente stancato di questo pollaio e ha ingiunto a tutti di smetterla. Peccato, perché cominciavamo sul serio a divertirci, anche se alla fine la coalizione del Sud avrebbe prevalso, soprattutto dopo la discesa in campo del suo campione indiscusso: il professor L.S. da Licata, che ha cominciato a sommergerci di mail citando dottrina e giurisprudenza in quantità tale che nessuno se l'è sentita di verificare e rispondere.

L'umore di Renato negli ultimi giorni è ulteriormente peggiorato: non solo il suo Un alpino in Piemonte *resta tuttora inspiegabilmente senza un editore che voglia renderne note le eroiche gesta, non solo Carmen non si è fatta vedere al convegno recentemente organizzato sul tema «Dove va il condominio?», ma ora quei deficienti degli autori si sono messi a litigare tra loro neanche fossimo tornati ai tempi delle signorie.*

È vero, lui ha sempre fomentato le invidie e gli odi tra gli autori in modo «da aumentarne la produttività» (anche se in verità si divertiva a vederli litigare). Però questo è veramente troppo.

Visti gli ultimi avvenimenti Renato prende due importanti decisioni.

a) Invitare a nome del giornale Ambra Ramazzotti a partecipare al XIII Festival del Condominio, la più grande rassegna di settore che vede la partecipazione di tutti i principali esperti di diritto condominiale e che ogni anno si organizza in una città diversa. Questa volta tocca a Rimini, e il tema sarà il promettente e suggestivo «Di cosa parliamo quando parliamo di condominio».

b) Allontanare alla prima occasione due tra i più rissosi e meno importanti dei suoi esperti dal circolo dei sapienti. Tanto per far capire chi comanda. Il primo? Senza dubbio Arturo Speranza.

24

Pio fa ricorso in Appello. Decide incredibilmente di non arrendersi nonostante una sentenza di primo grado equilibrata emessa da quello che viene considerato il miglior magistrato del tribunale civile.

Appena leggo l'atto vedo che ha nuovamente cambiato legale: ha licenziato il precedente, un po' sfigato, per rivolgersi a due avvocati vippissimi, che fanno parte di uno di quegli studi costosissimi che una volta Pio evitava come la peste, ma che ora non devono più sembrargli tanto male.

Per fortuna non ho ancora speso tutti i soldi che mi ha dato, o meglio che sono riuscito a estorcergli con il pignoramento, quindi almeno una parte posso metterla via in attesa che la Corte d'Appello si pronunci: potrebbe anche ribaltare la sentenza di primo grado e condannarmi a restituire l'intera somma.

Quello che è certo è che l'incubo ricomincia, e anche solo per questo motivo avrei dovuto immaginare che Pio non si sarebbe arreso: troppo insopportabile per lui il pensiero che mi goda i suoi immeritati soldi senza neppure la preoccupazione di doverglieli restituire, un giorno.

I soldi di Pio in effetti una mattina me li trovo sul conto, e vedere anche solo il segno più e non meno, accompagnato oltretutto da una cifra consistente, mi fa uno strano effetto: non accadeva da almeno vent'anni. Dev'essere stato strano anche per il direttore della filiale della banca, dato che mi chiama subito per dirmi di «mettere da parte i vecchi rancori», cioè le decine di volte in cui mi ha minacciato di protesto dicendo che c'erano già gli ufficiali in banca. Mi invita anche a passare da lui per prendere un caffè (curioso, non mi pare abbia mai sentito la necessità di offrirmene uno, prima) e per consigliarmi alcuni investimenti vantaggiosi (per la banca, immagino).

Gli dico che passerò, tanto per chiudere in fretta la conversazione; le persone untuose mi hanno sempre fatto un certo ribrezzo. Ma so già che non sarà così: Pio mi ha pagato, è vero, però quei soldi li rivuole indietro, quindi sarebbe saggio attendere almeno fino all'esito del giudizio di secondo grado, prima di spenderli o investirli tutti.

E poi c'è ancora un'altra questione che non avevo calcolato, o meglio che avevo smesso da tempo di calcolare: la reale entità dei debiti accumulati con l'Agenzia delle Entrate, il suo braccio armato Equitalia, la mia ex moglie, mio fratello (alla fine in un momento di particolare disperazione gli avevo estorto una piccolissima cifra, girandogli la mail dove la banca mi diceva che il giorno stesso mi avrebbe protestato), l'affittuario e via dicendo. I calcoli a un certo punto ho smesso di farli perché ero convinto che tanto quei soldi non li avrei mai presi, e che sarebbe stato del tutto inutile sapere esattamente quanti debiti avevo accumulato. A ricordarmi entità e presenza dei debiti bastano i creditori, con le loro richieste giornaliere.

La mattina in cui arriva il bonifico invece chiedo alla segretaria (anche a lei devo una bella cifra) di preparare un dettaglio. L'importo che viene fuori è largamente superiore ad ogni mia più pessimistica previsione. Quindi ormai tutti quei soldi basteranno non a salvarmi ma solo a migliorare (comunque un passo avanti) una situazione diventata impossibile da fronteggiare persino per un equilibrista come me.

Alla fine decido: metto un quarto della somma da parte in attesa dell'Appello e il resto lo ripartisco tra i vari creditori, neppure tutti e tanto meno per tutti i debiti.

Qualche soldo decido comunque di spenderlo: per festeggiare mi compro il bagnoschiuma più costoso che riesco a trovare (è incredibile la cifra a cui possono arrivare queste cose), un flaconcino Penhaligon's comprato per una somma stratosferica nella più costosa profumeria di Piazza Bodoni. Almeno questo bagno, con i suoi soldi, al mio vecchio amico proprio glielo devo.

Nel frattempo, oltre a contare i debiti, seguo le gesta di Pio sui quotidiani. Gli affari hanno ricominciato ad andargli decisamente bene. Il rischio bancarotta, che al momento del nostro incontro sembrava reale, è ormai del tutto archiviato.

Il ricorso in Appello mi getta di nuovo nell'incertezza tipica di chi non è abituato a subire processi dai quali può dipendere il proprio futuro: se c'è una cosa del mio mestiere che ho capito in fretta è l'estrema imprevedibilità delle cause.

A pensarci bene, però, un lato positivo c'è: non è certo degli avvocati che ho paura, bensì dei suoi amici mediorientali, che ho conosciuto in una delle nostre trasferte e che tanto rassicuranti non sono. Strano che non abbia ancora pensato di mandarmeli: forse ha deciso di aspettare la fine della causa.

Questi avvocati vippissimi, di quelli che fatturano la loro attività a ore e il cui trasferimento da uno studio all'altro viene segnalato dalla rivista "Top Legal", come se si trattasse di calciatori famosi che cambiano maglia, non mi pare abbiano fatto un gran lavoro. Presentano un atto che a Pio costerà una fortuna ma che a me non fa una grande impressione, e così spero ai giudici della Corte. Anche il mio avvocato, che non è un vip ma semplicemente una persona intelligente, lo legge e mi dice che non è un granché, e siccome del suo giudizio mi sono sempre fidato sono relativamente tranquillo.

Anch'io non sono male come avvocato, e in passato ho avuto l'onore di essere intervistato da "Top Legal". All'epoca lavoravo per la multinazionale del franchising. Quando mi chiesero «È vero che per com'è strutturato il rapporto di franchising molti punti vendita sono destinati a fallire?» avrei dovuto rispondere «Certo che sì», invece di «Assolutamente no» come ho fatto.

Che gli affari a Pio ora vadano bene lo capisco da un altro dettaglio.

La sua strategia negli anni è sempre stata la stessa: difendersi dagli attacchi dei nemici, tra i quali ora occupo un posto di tutto rispetto, fino a quando non è in grado di passare lui stesso ad attaccarli, con qualsiasi mezzo.

Pochi giorni dopo il ricorso in Appello mi arriva infatti tramite raccomandata una richiesta dei suoi avvocati (sempre tutti e due, ci mancherebbe: i ricchi non si avvalgono mai di un solo avvocato ma di un «collegio di difesa») con la quale mi si chiede di rimborsare, entro otto giorni, tre milioni e cinquecentomila euro, corrispondenti all'incirca ai danni che gli avrei causato svolgendo male il lavoro di suo avvocato di fiducia.

La richiesta è assolutamente geniale e in un primo momento quasi credibile: Pio sostiene (Pio, non certo i suoi avvocati, che non sarebbero mai stati in grado di elaborare una strategia del genere) che avrei tardato a segnalargli la possibilità, prevista dal mio ruolo di suo difensore di fiducia, di impugnare al TAR un certo provvedimento amministrativo relativo ai prezzi in ambito farmaceutico, e che sarei ora responsabile del mancato guadagno al quale la sua azienda è andata incontro. Quindi secondo Pio ora sono io che devo dei soldi a lui (una cifra enorme, per giunta) e non più lui a me. Un bel cambio di prospettiva, lo ammetto.

Tutto questo rientra del resto nello stile del mio vecchio amico, per il quale per pareggiare i conti non è sufficiente vincere la causa in Appello e riottenere indietro quei pochi spiccioli che gli ho sottratto. Il torto vero per il quale si sente in credito non sono i soldi, bensì il fatto ben più grave che io lo abbia sfidato. Per pareggiare i conti serve la mia completa distruzione, serve un giudice che mi dichiari un ladro e un incapace che non solo ha cercato di rubargli dei soldi ma che gli ha causato danni per milioni di euro.

Mi pare di vederlo mentre convoca i suoi avvocati, dopo averci pensato parecchio, e gli comunica cosa devono scrivermi. Riesco quasi a sentire il suo odio e quello ancora più livoroso del gemello, che pur non essendo in grado di elaborare vendette così sofisticate di sicuro ne approva pienamente il contenuto.

I suoi legali eseguono, proni, senza neppure preoccuparsi se quello che scrivono sia vero o no, o quale effetto possa avere su un loro collega una richiesta del genere, capace una volta accolta di rovinargli letteralmente la vita. Mai e poi mai, infatti, sarei in grado di versare tale importo, e di impedire che qualunque mia proprietà possa essere aggredita per ottenere «il soddisfo del credito».

I colleghi vippissimi optano per una tattica aggressiva, e oltretutto mi denunciano in due differenti occasioni al Consiglio dell'Ordine per scorrettezze che avrei compiuto nei confronti del loro assistito.

Le richieste vengono respinte dal Consiglio, ma intanto mi devo sottoporre a due istruttorie: una vera rottura di coglioni. Si tratta di un interrogatorio condotto da un avvocato consigliere, che spesso, o perché crede di vivere ai tempi della Santa Inquisizione o per il semplice piacere di fottere un collega/potenziale concorrente, se trova un minimo appiglio ti sanziona volentieri. Nel mio caso non c'è veramente nulla, a parte le assurdità che sostengono i legali di Pio, che per redigere i ricorsi di sicuro si saranno fatti strapagare. Buon per loro.

25

Pio mi ha assegnato una parte ben precisa all'interno della sua farsa, dove tutti hanno recitato il proprio ruolo: gli avvocati della banca, io, lui, la banca stessa, persino il potentissimo dottor Raniero Delbech. Avrei dovuto capire che era tutta una finta, e non pretendere invece che dalla commedia si passasse alla realtà.

Mentre decido se versare tutti in una volta nel termine di otto giorni i tre milioni e mezzo di euro al mio vecchio amico o chiedere al suo legale una breve dilazione di qualche secolo (ho calcolato che per pagare tutto trecento anni dovrebbero bastare), mi risollevo il morale con la fervida attività di esperto di diritto condominiale. Renato Farelli, che non solo esiste (non avendolo mai incontrato a volte ne ho persino dubitato) ma è anche maligno, mi affida un pezzo a quattro mani con la bella e irraggiungibile Carmen.

È andata così: Carmen ha proposto un pezzo, che a me sembrava pessimo, sull'amministratore visto «quale legale rappresentante del condominio». Però, siccome sono un buono e non volevo venisse strigliata di nuovo, ho scritto a tutti approvando la scelta e giudicando la proposta di grande interesse e meritevole di un approfondimento. Renato, infastidito da questa inaspettata intromissione, ha risposto a sua volta a tutti, sicuramente consapevole che si trattava di una proposta assurda, dando a me e a Carmen il compito di scrivere un pezzo a quattro mani.

Carmen, presa alla sprovvista dall'ordine di Renato e con nessuna voglia di legare il suo nome (molto noto nell'ambito del diritto condominiale) al mio, non risponde a tutte le mie mail di richiesta di «sentirsi per decidere come collaborare alla stesura del contributo».

Alla fine, siccome il pezzo non arriva nonostante siano passate due settimane dall'incarico, Renato mi scrive una mail stringata che si limita a un «E allora?», mentre sotto viene inoltrata la mail in cui Carmen (bella sì, ma a questo punto decisamente stronzetta) rispondendo allo stesso Renato dice, testuali parole: «La mia parte l'ho mandata, ma l'avvocato Speranza non risponde».

Faccio prontamente presente che deve trattarsi di un clamoroso equivoco: a me non è arrivato alcun pezzo, e mi rivolgo alla stessa Carmen che questa volta risponde, due giorni dopo, inviandomi il suo contributo e invitandomi a fare altrettanto «senza ulteriori perdite di tempo che finirebbero col metterci in cattiva luce».

Evito qualsiasi commento, e invio il giorno stesso a Renato il mio contributo, provando ancora prima della pubblicazione il piacere morboso ed eroticamente sofisticato di vedere il mio nome comparire avvin-

ghiato in un abbraccio inestricabile con quello della sofisticata e inaccessibile (qui sta di certo il suo fascino) Carmen.

Il pezzo esce e i nomi sono effettivamente presenti tutti e due, anche se non vicini come avrei voluto. A questo punto mi chiedo se sia meglio chiamare direttamente Carmen anziché inviarle un messaggio simpatico e ammiccante: «Adesso tutti penseranno che siamo fidanzati». Dopo lunga riflessione opto per il messaggio simpatico e ammiccante, forte del legame emotivo (per sempre, penso fra di me) che la forzata promiscuità alla quale ci hanno costretto ma dalla quale non abbiamo voluto sottrarci ha generato fra le nostre anime, come se la bella collega e io ora ci trovassimo obbligati a non poter più nascondere la nostra scabrosa relazione di amanti proibiti del diritto condominiale. Passano i giorni ma Carmen, pur continuando a proporre pezzi a getto continuo, non mi risponde. Fine della nostra storia, mi sa.

Non credo che Pio non sia un uomo di parola. Semplicemente non lo è nel mondo di Delbech e della banca, a cui non sente di appartenere. Per lui il mondo reale è quello dei suoi amici libanesi e arabi che ogni tanto incontra in giro per il mondo, e con i quali anche al telefono è sempre molto affettuoso. Sono sicuro che con loro la parola data la mantiene eccome, e che di quel mondo rispetta le regole.

Su un punto ha ragione: il nostro è un mondo virtuale, dove neppure la banca si aspetta davvero di prendere quei molti milioni di cui abbiamo parlato.

Al massimo tra qualche anno si farà un nuovo piano di ristrutturazione che sostituirà quello attuale, con i bravi professionisti che si agiteranno attorno a un tavolo in altre interminabili riunioni.

Ma per Pio l'astrazione non finisce lì: per lui non sono virtuali soltanto i milioni di euro che ha accumulato come debito, sono virtuali anche i professionisti che si sono affannati nel far approvare un piano che altrimenti sarebbe sempre e solo rimasto sulla carta. In fondo lo capisco. Dopo un po' ha capito, essendo più perspicace e intelligente degli altri, che il piano non sarebbe stato approvato per i numeri iperbolici che conteneva bensì per ragioni politiche e di interesse personale. Gli deve essere sembrato profondamente ingiusto pagare, con soldi veri, un collaboratore che ha lavorato a lungo, e magari anche bene, per far approvare un piano virtuale.

L'errore di Pio è stato di non essere stato chiaro con me sin dall'inizio, spiegandomi che non si faceva sul serio e che quindi non mi avrebbe mai pagato. Quello della banca viceversa è stato di lasciargli capire che neppure loro facevano sul serio, e quindi che avrebbe potuto fregarli se solo avesse smesso di giocare seguendo le loro regole.

26

Al circolo oggi è successo un fatto increscioso. C'erano già state lamentele perché alcuni soci, per quanto ricchi, si allontanavano regolarmente dal ristorante cercando di non pagare. Questa volta però il protagonista del mancato pagamento non è stato un socio qualsiasi bensì Chicco, titolare di un negozio di mobili di design costosissimi, che vende ormai esclusivamente agli altri soci del circolo, ai più ricchi dei quali se possibile arreda anche le seconde case senza badare a spese.

All'ennesima affermazione della cassiera che non si era sbagliata e che sì, era proprio sicura che lui non avesse pagato, si è messo a strillare come un'aquila, richiamando l'insistente impiegata al rispetto dei ruoli. Il problema è che questa ha continuato finché alla fine è scoppiata a piangere.

A un certo punto Chicco è diventato paonazzo, e continuando a urlare ha raggiunto un suono acuto e stridulo del quale non pensavo essere umano fosse capace. Allarmato dalle urla è arrivato Rodolfo, l'aitante ex gloria cittadina del tennis e attuale direttore del circolo, per cercare di calmarlo e per evitare che questa scena incresciosa diventasse l'argomento di conversazione per i mesi a venire.

Mentre il direttore cercava di trascinarlo via e si sforzava di parlare a bassa voce, Chicco, anche se piuttosto esile, si è piantato a terra come un noce e non si muoveva di un centimetro. Ormai era viola per lo sforzo, e le urla erano così convulse che si coglieva solo qualche parola: «È uno scandalo!» «Pretendo che la mandiate via!» fino all'immancabile «Vi chiedo i danni morali per stalking!» Chicco come tanti non ha alcuna cultura giuridica, ma ormai chiunque subisca una presunta offesa ritiene di potere agire per stalking o quantomeno per danni morali.

Alla fine il direttore è riuscito a calmarlo e soprattutto a convincerlo a smettere di strillare prima che le vetrate della struttura affacciate sul lungofiume saltassero. Il tutto non senza un lieve dispiacere dei soci presenti, che in effetti speravano che lo spettacolo imprevisto durasse ancora a lungo.

In verità al circolo dei ricchi (dove sono tutti sempre meno ricchi) siamo in tanti a non pagare, ma di solito vige un tacito accordo per cui la cassiera di turno fa finta di nulla e si prende come ricompensa i cinquanta euro che il socio generosamente le allunga a Natale. Non usiamo tutti lo stesso sistema: molti si limitano a chiedere alla cassiera di segnare, o fanno finta di aver dimenticato il portafogli, mentre io di solito appendo la giacca lontano dalla cassa, così quando mi alzo per andare a prenderla, facendo finta di parlare al telefono, semplicemente non torno indietro e mi dirigo con nonchalance verso l'uscita. Di solito funziona, o perlomeno per adesso ha sempre funzionato.

Nel caso di Chicco non so cosa sia successo, se erano davvero troppe volte che non pagava, come gli ha detto a ripetizione la cassiera, o se si era dimenticato di lasciare la mancia a fine anno. Quel che è certo è che al circolo non si è mai vista una scena del genere; ne parleremo tutti per settimane, e ci mostreremo solidali (ma solo a parole) con il nostro povero amico, accusato ingiustamente.

La verità è che Chicco, che come designer è in effetti dotato di un certo talento visionario e propone sempre soluzioni grandiose quanto costosissime (neanche si trattasse di edificare una cattedrale), sta sulle palle a tutti, per cui siamo ben felici che da quando i suoi amici hanno smesso di farsi prendere per il culo lui sia in difficoltà e non riesca più a pagare neppure il conto del ristorante.

Oltre a non pagare il conto, un'altra illustre tradizione da sempre osservata nel ristorante del nostro circolo è l'esistenza di un tavolo dove si possono sedere solo i soci che spiccano per ricchezza (uomini, quasi sempre), prestigio (ex calciatori o figli di ex calciatori) o bellezza (donne e qualche ragazzo molto giovane). I soci che si siedono a questo tavolo hanno l'abitudine, non si sa perché, di parlare sempre fra di loro ad altissima voce, quindi noi tutti che ci sediamo a tavoli meno prestigiosi non riusciamo quasi a parlare. In compenso sappiamo tutti i cazzi loro, dove andranno la sera stessa a cena e dove passeranno il prossimo fine settimana o le prossime vacanze, dato che al tavolo dei soci vip non si parla d'altro.

Al tavolo dei ricchi non mi ci sono mai neppure avvicinato, e ho visto più di una volta soci appena iscritti ma non dotati di sufficiente appeal sedercisi per sbaglio, per accorgersi tragicamente dell'errore perché nessuno rivolgeva loro la parola, neppure a bassa voce (che poi i vip non amano parlare a bassa voce e correre così il rischio che qualcuno non senta le cose importantissime che hanno da dire).

Questa storia del tavolo dei vip può davvero rappresentare un problema. Così è stato per esempio tra me e Federico, che essendo amici da sempre siamo entrati al circolo insieme. Solo che lui a un certo punto è diventato amico di Chicco, e quindi essendo anche di bell'aspetto ha maturato il diritto di sedere con lui al prestigioso tavolo.

La cosa naturalmente mi reca un certo imbarazzo: con Federico si va spesso insieme al circolo, si cazzeggia in palestra o magari ci si sfida a squash, si esce insieme dallo spogliatoio ma poi si mangia a due tavoli differenti. Federico non può certo fermarsi a pranzare con me in uno dei banalissimi tavoli laterali, dove sono condannato a consumare i pasti in compagnia di soci brutti e spesso neppure interessanti.

Devo però ammettere che non è stata solo la faccenda del tavolo vip a raffreddare i miei rapporti con Federico. Ha inciso, certo, ma il motivo vero è stato che Federico si è messo a giocare a tennis, mentre io ho cominciato a unirmi sempre più spesso e con maggior soddisfazione al gruppo dei podisti, gli adoratori della fatica pura, votati a uscire a correre sempre e comunque, anzi più il tempo è brutto e più noi si esce volentieri, scambiandoci l'un l'altro dei sorrisetti da iniziati, come se facessimo parte di una setta di devoti al Dio Maratona. Che poi in fondo è anche un po' così.

Insomma, quando io ho cominciato a correre e Federico a giocare a tennis i nostri rapporti si sono un po' raffreddati, ancor prima che lui cambiasse tavolo per posare le chiappe sulle sedie di quello vip. Ora facciamo parte di due etnie diverse. I soci tennisti guardano con disprezzo i soci corridori perché non capiscono il piacere di sottoporsi a uno sforzo immane pressoché tutti i giorni, in compagnia di uomini zero acculturati e di donne spesso di imbarazzante bruttezza o con qualche grave problema ormonale irrisolto. Di rimando i podisti odiano i tennisti (ma anche i calciatori), perché sono dei fighetti che si credono campioncini inespressi e perché hanno borse enormi (mai capito cosa ci tengono dentro, oltre alle indispensabili tre racchette; non fosse mai che rimangano senza quando stanno per vincere il match del secolo) che piazzano sulle panchine degli spogliatoi impedendo così agli altri soci di potercisi sedere. E poi i tennisti non si puliscono le scarpe prima di entrare negli spogliatoi, insozzandoli così tutti della loro amatissima terra rossa, nonostante ci siano ovunque cartelli che lo vietano espressamente; forse ritengono che nessuno chiederebbe a Federer (o Nadal, dipende a chi si ispirano) di pulirsi le scarpe dopo aver vinto il Roland Garros.

Noi podisti parliamo a bassa voce e a mezze parole: ci basta poco per capirci, vista l'affinità che si sviluppa nelle lunghe ore passate insieme sulle strade. I tennisti invece urlano, forse anche per abitudine, dovendosi parlare con una rete di mezzo. Le categorie dei tennisti e dei soci vip spesso coincidono, e anche questo ha il suo peso all'interno di uno spogliatoio. Il massimo della maleducazione è raggiunto da quei soci che riescono a entrare, cambiarsi, andare in bagno a espletare i loro bisogni (giuro) e magari anche a fare il primo set (o la prima mezz'ora di GAG, dipende) senza mai staccarsi dalla telefonata che stanno facendo, di solito su argomenti personali di cui così tutti veniamo messi al corrente con dovizia di dettagli. Il risultato di queste telefonate è che nessuno dei soci nei dintorni riesce a scambiare non dico due parole ma neppure un saluto. Nessuno tranne naturalmente noi podisti, abituati a parlare piano e a cambiarci in fretta; poi si esce fuori con qualunque tempo.

Conseguenza inevitabile e diretta delle differenze tra le due categorie è che podisti e tennisti si spogliano in due zone ben distinte degli spogliatoi, e nessuno dei due schieramenti si azzarderebbe mai a cambiare posizione per andare nel territorio avversario. Io e Federico adesso non solo pranziamo a tavoli diversi, ma facendo parte di due gruppi fortemente antagonisti ci salutiamo a stento, per evitare di essere accusati di connivenza con il nemico.

Del resto io ho continuato a correre sempre di più, mentre Federico ha abbandonato il circolo per seguire la sua naturale evoluzione, della quale evidentemente il tavolo vip rappresentava solo una tappa intermedia e non come avrei pensato il punto di arrivo, per approdare inevitabilmente al golf.

Questa cosa della corsa in effetti va chiarita: perché è vero che noi podisti siamo un po' fanatici, però siamo gente per bene, forse perché quando ti ammazzi di fatica impari a rispettare quella degli altri, che poi è il primo passo per essere una persona migliore.

Al circolo oltre a tennisti e podisti, tra i quali oggettivamente ci sono troppe differenze (non ci sopportiamo a vicenda, inutile negarlo), esistono altre categorie di sportivi, ciascuna con le sue peculiarità ben precise.

Senza alcuna pretesa di esaustività ricordo:

a) I palestrati, o amanti del body building. Si tratta di una categoria sostanzialmente in via di estinzione e piuttosto innocua, temibile solo (l'età media non è certo verdissima) quando tende a raccontare episodi che risalgono a tempi ormai lontani. Vengono guardati dagli altri soci con simpatia o comunque con una certa benevolenza, quella più o meno che si riserva alle balene o alle altre specie animali protette.
b) I triatleti, categoria presente ormai da alcuni anni nelle palestre e rapidamente assurta al vertice della scala sociale. Tendono a stare fra di loro e a considerarsi alla stregua di divinità che nulla hanno a che fare con le altre categorie di soci, con i quali non cercano il minimo contatto.
c) I giocatori di squash, giudicati sostanzialmente inoffensivi, forse perché occupano una zona molto piccola della palestra e non disturbano nessuno. Giocano in una specie di acquario insonorizzato, e se nella foga non vanno a sbattere contro la parete (succede) o non si tirano una pallina incandescente nell'occhio (succede anche questo), neppure ti accorgi della loro presenza. Sono spesso sorridenti (non si sa bene perché), mentre un podista o un triatleta non si permetterebbe mai un sorriso che ne svilirebbe la fatica e la dignità.

d) I praticanti di pilates. Vale più o meno quanto detto per chi gioca a squash, con la differenza che questi non sbattono contro le pareti (al massimo si slogano una caviglia quando esagerano con le contorsioni) e ascoltano musica da aeroporto. È la categoria che conta tra le sue fila il maggior numero di donne; possiamo vantare anche un'ex star del porno che poi si è redenta con alcuni film impegnati, e anche questo all'interno di un circolo ha la sua importanza.
e) I giocatori di carte. Sembra incredibile ma esistono ancora, persino in un club come il nostro, dove c'è chi neppure li vorrebbe. Anche se in inverno non li si vede quasi mai in palestra a far finta di fare esercizio (forse per l'età avanzatissima), d'estate te li trovi improvvisamente belli arzilli a bordo piscina sul terrazzo del circolo. Restano immobili per ore, limitandosi di tanto in tanto a buttare le carte, salvo poi accendersi improvvisamente in violentissime risse verbali che disturbano non poco gli altri soci. I giocatori di carte sono odiati da tutti e spesso confinati in aree molto decentrate, tipo riserva indiana, perché grandissimi fumatori, contro le regole di vita sana che seguono fino all'ossessione tutti gli altri soci, ormai in grande maggioranza vegetariani convinti o almeno consumatori di moderatissime quantità di carne. Tutti lanciati nell'inseguimento della desiderata (e rimpianta) eterna giovinezza. Resta da capire come mai i soci giocatori di carte, tabagisti e sedentari, spesso hanno un aspetto migliore e vivono più a lungo di noi pseudoatleti vegetariani.

C'è un'ultima considerazione da fare sulle differenze fra podisti e tennisti che rendono difficile la convivenza nello stesso circolo. A me è capitato di incontrare il mio idolo in un bar qualunque di Addis Abeba, e di farci due parole e pure una foto (allora per fortuna non si chiamava ancora selfie). Haile Gebrselassie, ex campione olimpico e mondiale nonché uno dei più grandi maratoneti mai esistiti sulla faccia della Terra, è stato molto disponibile, persino incuriosito dal fatto che qualcuno lo avesse riconosciuto. Ecco, non me lo vedo un tennista del nostro circolo che incontra Roger Federer in una pizzeria di Zurigo o di Montecarlo e riesca anche solo ad avvicinarsi.

Fine del discorso su tennisti e podisti, ma è certo che non potremo mai andare d'accordo.

Oggi Carmen ha mandato due proposte: respinte.

A mia volta ho suggerito due contributi, bocciati anche loro con il marchio dell'infamia.

«Ne abbiamo già parlato nei giorni scorsi» ha scritto Renato.

Giornataccia.

27

A complicare la situazione, in ufficio arriva una telefonata dal legale al quale la mia compagnia di assicurazione professionale ha girato la richiesta di Pio (che gli avevo trasmesso non appena ricevuta) dei tre milioni e mezzo. L'ho girata a loro affinché mi manlevassero, ovvero pagassero il debito al posto mio, in forza della polizza assicurativa stipulata per i rischi legati alla professione forense.

Da come la mette il collega, che a dire il vero a quanto so è più che altro un esperto di infortunistica stradale, mi pare subito evidente che, avendo letto la pratica e non avendoci probabilmente capito molto, ma tenendo ben presente la cifra richiesta, è convinto che io abbia fatto una cazzata enorme. «La compagnia è molto preoccupata», mi dice, e io più di loro, penso, perché l'eventuale copertura assicurativa arriva a meno di un terzo dell'importo richiesto. In ogni caso, prima di chiudere la telefonata mi invita a chiamarlo nei prossimi giorni, quando avrà avuto modo di studiare meglio il caso.

A questo punto, visto l'evolversi della giornata mi chiedo cosa mi aspetti ancora, anche se in effetti avrei anche potuto immaginare da solo la risposta: in un messaggio mio figlio Andrea mi ricorda, per la decima volta negli ultimi due giorni, che devo portargli circa cinquecento euro per la settimana bianca della scuola. Soldi che al momento ovviamente non ho. Andrea è un tipo preciso, e oltretutto odia fare con gli amici brutte figure, cosa che ultimamente grazie a me fa sempre più spesso. E anche se ormai è un adolescente e alla sua età dovrebbe aver capito come stanno le cose, è ancora convinto che gli avvocati abbiano tutti un sacco di soldi. Io ho fatto la mia parte, va detto: appena separato, a causa dei sensi di colpa e della paura che soffrissero li ho riempiti di ogni regalo e vacanza ben al di là delle mie reali possibilità.

Prima o poi anche lui capirà che non tutti gli uomini, e men che meno tutti gli avvocati, sono uguali e hanno un sacco di soldi; capirà che ci sono avvocati effettivamente danarosi e poi ci sono gli altri, la maggioranza, la cui fitta schiera si ingrossa ogni giorno di più, che certi giorni non hanno neppure i mezzi per pagare il ristorante del circolo di finti ricchi, otto euro il buffet semplice, dodici se si prende il pesce, ma io non lo prendo quasi mai per un minimo di pudore. Finti ricchi che tra l'altro non si sa come continuano a frequentare il circolo spesso anche per mesi, dopo la scadenza dell'abbonamento, e a cercare di entrare lo stesso, fingendo di aver dimenticato il braccialetto o semplicemente scavalcando la sbarra del parcheggio. Recentemente per difendersi da noi portoghesi la direzione ha fatto mettere dei tornelli all'ingresso; ho visto distinte e anziane signore esibirsi in notevoli contorsioni (essendo alto, io di norma scavalco anche qui, che è molto più dignitoso) abbassandosi praticamente ad altezza terreno (forse sono ex campionesse di limbo) per riuscire a entrare.

Ma Andrea, per quanto ingenuo, non è stupido e qualcosa deve aver intuito, o comunque credo abbia cominciato seriamente a nutrire qualche dubbio sul fatto che papà abbia effettivamente tutti quei soldi. Di recente, data l'età gli è sembrato il momento di chiedermi di dare a lui e al fratello maggiore una paghetta fissa, e non i soliti quattro soldi sporadici che gli allungo di tanto in tanto e dietro richieste molto motivate, tipo i venti euro che non bastano neppure per andare a mangiare la pizza con gli amici il sabato sera. Alla fine abbiamo stabilito una cifra mensile di centocinquanta euro a testa. Andrea vorrebbe che gli fossero versati tutta in una volta, mentre io ho proposto di darglieli ogni tanto nel corso del mese, «così non li spendete tutti subito» (capirai, neanche fossero diecimila euro). Alla fine ho ceduto e accettato la sua richiesta, «così vi responsabilizzate e imparate ad amministrare il denaro» (spero non da me), salvo poi tornare al vecchio sistema di pagamenti sporadici e dietro richiesta, vista la mia palese e ormai endemica incapacità di far fronte a pagamenti a scadenza fissa.

Anche se al momento i cinquecento euro per la settimana bianca non so dove trovarli, rispondo ad Andrea che mi ricordo benissimo della sua agognata vacanza scolastica e che non c'è alcun problema per i soldi. Ma so già che una volta a casa gli dirò che il bancomat non funzionava, che non ho potuto prelevare perché la tessera si è smagnetizzata o qualche altra cazzata del genere, e poi per la gita si vedrà: tanto non penso che non lo facciano partire se non salda tutto prima, o almeno lo spero. E poi comunque i soldi per pagare la gita non li ho, quindi inutile porsi il problema.

Con Andrea funziona così, e tutto sommato me la cavo con poco. Il vero problema è mia moglie, che quando ci siamo sposati ho conquistato (anche) con regali costosissimi, sempre e rigorosamente pagati a rate, o non pagati affatto. In fondo anche a lei, come ai figli, ho fatto credere di essere più ricco di quanto non sia in realtà, e anche a lei in seguito non ho mai detto come stanno veramente le cose.

A Diletta però non basta dire che ho dimenticato a casa il bancomat o che la tessera si è smagnetizzata, anche perché di solito si parla di altre cifre rispetto a quelle di una settimana bianca. Il nostro terreno di scontro, in particolare, sono gli interventi sulla casa, che lei ritiene sempre necessari (e io, manco a dirlo, totalmente inutili) per evitare «che la casa cada a pezzi», che si tratti di imbiancare le pareti (dopo dieci anni ammetto che di una rinfrescatina ci sarebbe bisogno) o anche solo di far venire il giardiniere per potare gli alberi e tagliare l'erba.

Inoltre mia moglie è una convinta sostenitrice del motto «più spendi meno spendi»: non prende mai neppure in considerazione le soluzioni economiche che le propongo per limitare i danni quando non si può proprio fare a meno di intervenire, ma si rivolge direttamente ai più noti (e quindi cari) esperti del settore. Di solito i nominativi vengono forniti dal padre, il quale ai suoi occhi adoranti di figlia prediletta ha il raro dono di essere infallibile. A volte, nei casi particolarmente gravi, viene richiesto (sempre da lei, non certo da me) un parere anche a mia suocera, che per la figliola come ripete spesso vuole «solo il meglio», immagino a compensazione di quello che almeno al momento non può avere, cioè un marito migliore.

La madre di tutte le battaglie con Diletta riguarda la necessità, che io nego recisamente contro ogni evidenza, di cercare di eliminare l'umidità della casa, che in effetti, vivendo noi in collina e per di più "contro terra", sicuramente avrebbe bisogno di un intervento decisivo in tal senso.

La lotta ha raggiunto il suo apogeo nell'inverno di due anni fa, quando in concomitanza con periodi di piogge e nevicate sostenute e continue, i muri della camera di Andrea e della lavanderia erano talmente gonfi d'acqua che sembravano sul punto di esplodere. Una volta stabilita l'assoluta necessità dell'intervento (effettivamente non si poteva più farne a meno, a rischio della nostra stessa incolumità), lo scontro si spostò in una non meno cruenta guerra sul chi e sul come. Io proposi un muratore bravissimo ma di una certa età (diciamo vicino agli ottanta) che abitava in zona e che sapevo avere il grande pregio di essere molto economico, mentre Diletta contattò dei professionisti, che si presentarono a casa nostra in camice e muniti di enormi siringhe, con le quali si ripromettevano di infilzare il muro nei punti giusti, e grazie a un sistema del tutto innovativo (ovviamente costosissimo) avrebbero eliminato per sempre ogni traccia di umidità, non solo dalle pareti di casa nostra ma, come dissero, «anche dalla nostra vita».

Lo scontro finì in mio favore, o per meglio dire ottenni un rinvio, che era oggettivamente il massimo risultato al quale potevo aspirare. Si decise pertanto, forse anche perché la vista dei paramedici con i siringoni non aveva del tutto convinto neanche mia moglie, di dare l'incarico all'arzillo (e noto alcolizzato, ma questo mia moglie non lo sapeva) Attilio, e di valutare poi, se lui avesse fallito, di richiamare in azione i dottor house dell'umidità.

Diciamo che forse è stata fortuna, o forse Attilio, nonostante gli ettolitri di bianco che da buon veneto butta giù quotidianamente, sa ancora fare il suo mestiere; fatto sta che, almeno per quanto riguarda i muri di casa, il problema è stato risolto.

Che poi come tutti gli eserciti che si trovano schierati sempre e solo contro lo stesso nemico, anch'io e mia moglie ormai quando litighiamo, il che accade abbastanza spesso e non solo per questioni di umidità, siamo perfettamente in grado di prevedere le mosse l'uno dell'altra. Sappiamo entrambi quali sono le offese reciproche che ci fanno arrabbiare di più, quelle alle quali si ricorre quando non si intende provocare un semplice litigio ma una vera e propria rottura dell'armonia famigliare.

Io per esempio trovo insopportabili (forse perché ho sempre torto) i litigi sui soldi, che si verificano quando le nego qualche intervento di manutenzione sulla casa «necessario perché io non sono abituata a vivere in un porcile». In quei casi quello che mi fa perdere le staffe è che mi dica: «Uno che si può permettere di comprare una casa così deve poi anche poterla mantenere», frase dal suo punto di vista anche sensata, peccato che la casa in buona parte è come se me l'avessero regalata i miei genitori.

Per Diletta, invece, la massima arrabbiatura deriva da qualsiasi mio accenno ai suoi famigliari, in primis l'adorato fratello, che secondo lei non sono neppure degno di nominare, dato che quando lo nomino è sempre e soltanto per parlarne male (e in effetti è proprio così).

La verità, alla fine, è che noi, falsi ricchi per necessità, mentiamo a tutti quelli che ci stanno intorno: ai genitori perché altrimenti si addolorerebbero, alla moglie perché si incazzerebbe e ci renderebbe la vita un inferno, ai figli perché non capirebbero e perché la nostra figura di padre ne uscirebbe indebolita. In fondo, tra i pochi a conoscere la verità ci sono, oltre alle banche, gli amici del circolo dei ricchi, perché anche se facciamo tutti finta di essere sempre ottimisti e pieni di lavoro, sappiamo che nella maggior parte dei casi è una palla, talmente condivisa che alla fine finiamo per crederci almeno un po'. E poi bene o male quello è l'unico momento in cui possiamo ancora fingere di essere quello che non siamo più, e anche se succede solo per un paio di ore al giorno è già un bel risultato.

Il giorno dopo gli ultimi due insuccessi mando una terza proposta di contributo a Renato, questa volta con la disperazione di chi sa che non può permettersi un terzo fallimento. Invece, terza proposta e terzo diniego, e questa volta deve pure essersi stufato sul serio, perché si limita a rispondere (solo a me: temendo l'ennesimo rifiuto non avevo avuto il coraggio di man-

dare la proposta a tutti i partecipanti) «la sentenza è già stata commentata», omettendo persino il grazie di prammatica che di solito non nega a nessuno.

Terza proposta e terzo rifiuto consecutivo. Non era mai successo, e per di più è da dopo il pezzo a quattro mani con Carmen che il mio nome non appare sulle pagine del giornale. Un fallimento totale, un declino ormai innegabile ed evidente a tutti, declino che a quanto pare accomuna anche Carmen, come se la stessi trascinando nella caduta: anche a lei non viene più pubblicato un contributo se non sul sito internet di cui (anche perché si viene pagati solo se si esce su carta) non frega niente a nessuno.

All'ennesimo rifiuto non resisto e rispondo a Renato con un commento che vorrebbe essere spiritoso, scrivendogli che farò un pezzo sui puffi in condominio; almeno quello non lo avrà ancora scritto nessuno. Mi pento dopo un secondo, ma ormai è fatta. Nessuna risposta: è finita, mi dico, e senza neppure aver avuto l'occasione di conoscere la bella Carmen.

Mi sbagliavo. Dopo un'oretta Renato risponde: «Certamente si tratterebbe di un condominio orizzontale». Mitico, ha pure il senso dell'umorismo. Per un momento penso realmente di mandargli un pezzo sulla vita in condominio dei puffi. Poi rinuncio: non esageriamo a sfidare la sorte.

Al circolo incontro Matteo in sauna: con i vetri oscurati non mi ero accorto che fosse già dentro, sennò avrei optato per il bagno turco. È sempre più depresso, e oggi per me non è proprio giornata. Non potendo scappare, come facciamo ormai tutti quando lo incontriamo, entro e spero ci sia anche qualcun altro. Per fortuna ci sono un paio di soci che parlano di cazzate, com'è giusto che sia in sauna; poi escono e mi trovo da solo con lui, che invece di lamentarsi se ne sta in un angolo col capo chino, senza dire una parola.

Un minuto prima di uscire, quando sono certo che ormai la conversazione non potrebbe durare a lungo, per sciogliere l'imbarazzo gli chiedo come va. Mi risponde:

a) male,
b) non c'è più lavoro,
c) i pochi clienti rimasti non pagano, e questo me lo aspettavo. Poi però aggiunge:
d) «Ci sono anche quei vecchi bastardi che vogliono i soldi», e questo non era previsto.

Dopo questa botta di allegria, prima di uscire dalla sauna resisto ancora un momento per sentire se vuole aggiungere qualcosa, perché a Matteo comunque voglio bene, ci conosciamo da tanti anni e mi è sempre sembrato uno buono, oltre che l'unico forse più scarso di me a calcetto (anche questo me lo rende simpatico). E poi siamo colleghi: per me questo ha ancora un significato.

Mi rimetto seduto tranquillo e mi preparo a dirgli qualche banalità consolatoria, di quelle che si usano in questi casi. Matteo però si limita a guardare per terra e non aggiunge più nulla, quindi esco senza dovermi sentire neppure in colpa.

Il suo riferimento a «quei vecchi bastardi» lì per lì mi ha stupito; poi però una volta uscito dalla sauna e fatta una doccia, anzi una doccia emozionale (come da dépliant illustrativo del circolo), al rientro negli spogliatoi ricordo di aver intuito qualcosa. Ultimamente l'ho visto partecipare sempre più spesso a delle interminabili e rumorose partite di carte. Circola voce da un po' che non si tratta, come poteva sembrare, di quattro simpatici vecchietti, bensì di giocatori professionisti che si sono messi a frequentare il nostro circolo di ex ricchi mediamente abbastanza disperati. E pare che nelle partite girino parecchi soldi, il che spiegherebbe la tensione che si respira attorno al tavolo. Se quelli sono dei professionisti, penso, allora Matteo è la vittima ideale: da quando la moglie l'ha lasciato si trova come tanti di noi in un momento di difficoltà, non solo economica, e non credo sia un esperto di carte. Vista la situazione ho persino pensato di segnalare la cosa alla direzione del circolo, però poi ho optato per farmi gli affari miei. Matteo del resto è abbastanza grande e vaccinato da poter badare a se stesso.

Come se non bastasse l'allegra sauna con Matteo, appena torno in ufficio arriva un fax (mi ero quasi dimenticato che si potesse ancora ricevere un fax) dell'avvocato di Pio, che dice di non aver ancora ricevuto un riscontro per quanto riguarda la sua richiesta di tre milioni e mezzo, e che «trascorsi gli ulteriori otto giorni agirà per legge per il recupero del credito come da incarico del suo assistito».

Rispondo che devo sentire l'avvocato dell'assicurazione, che dopo il primo colloquio non ho più chiamato. Lo faccio subito, e fisso un appuntamento per il giorno dopo.

Spero, mentre vado da lui, che mi faccia un'impressione migliore di quella che mi ha fatto al telefono, anche se due colleghi mi hanno confermato che è più che altro un trafficone, erede dello studio e dei clienti del padre, e che, come spesso accade, il padre era decisamente più bravo del figlio.

Appena lo incontro capisco che l'impressione avuta al telefono è stata persino lusinghiera: a parte farmi aspettare una buona mezz'ora, mi tratta subito di merda, senza nascondermi di non avere alcuna voglia di occuparsi di questa pratica che l'assicurazione gli ha rifilato. Per lui, detto in parole povere, rappresento una gran rottura di palle, uno che si porta dietro una faccenda complicata che lui non sa minimamente come gestire. Al nostro incontro mi presenta una giovane collega del suo studio, carina devo dire, dopo avermi chiesto se mi dà «fastidio che ci sia anche lei, in modo che impari qualcosa». Certo, imparare cosa *non* deve fare un buon avvocato, penso.

L'avvocato delle assicurazioni esperto di sinistri stradali mi riceve, con la collega giovane e carina, in uno stanzino tristissimo, arredato con mobili che sembrano comprati al banco dei pegni, mentre è più probabile che provengano dal salotto di qualche cliente che finita la pratica non aveva più i soldi per pagare la parcella. Dopo una breve premessa sul perché siamo lì, fa un riassunto della pratica, penso più che altro per impressionare la giovane praticante con le sue doti oratorie, ed è assolutamente evidente che non sa neanche di cosa stiamo parlando.

A parziale giustificazione del mio collega ammetto che la sua concentrazione nell'esporre è messa a dura prova dalla praticante, che continua ad accavallare le gambe facendo salire ogni volta un po' di più la mini-

gonna già di per sé piuttosto ridotta, tanto che ogni volta che lo fa succedono nell'ordine tre cose:
a) il mio collega si distrae e perde il filo del discorso,
b) la praticante cerca di coprirsi almeno un minimo e
c) io penso sempre di più di essere finito.

Le accuse che muove Pio sono sofisticate, e per capirle a fondo bisogna dedicarci del tempo e conoscere bene la materia, mentre è chiaro che il collega non ne sa niente né ha intenzione di sprecare tempo per studiare. Strano però che l'assicurazione abbia assegnato una pratica con una richiesta di danni così ingente a un collega così inesperto, penso.

Sarà per il salottino triste, sarà per i postumi della sauna con Matteo, sarà per la giovane collega, che pur cercando disperatamente di trattenersi continua inesorabilmente a sbadigliare, sarà l'aver scoperto che dall'avvocato dell'assicurazione non posso aspettarmi alcun aiuto, sarà per tutte queste cose insieme, ma giuro che per la prima volta da quando questa storia è cominciata mi viene voglia di chiamare Pio per dirgli che non potrò mai restituirgli il denaro che mi ha versato né tanto meno dargli quello che mi chiede ora, ma che sono disposto ad andare a lavorare in fabbrica da lui sino a quando non gli avrò ripagato il mio debito, o a fare qualsiasi altra cosa purché la smetta di tormentarmi con le sue richieste assurde.

L'avvocatessa smette di sbadigliare e di colpo il collega (forse si coordinano in questo modo) mi comunica che il colloquio è finito, senza che io abbia avuto neppure l'occasione di esporre il mio punto di vista. Ci lasciamo, così ha deciso lui, con l'impegno da parte mia di fargli avere nei prossimi giorni una relazione scritta su quanto è successo. Accetto di mandargli la relazione (in verità sarebbe il suo lavoro), nella recondita speranza che si metta a studiare e capisca almeno di cosa stiamo parlando; non trattandosi di un tamponamento stradale, però, ne dubito profondamente.

Tornato in studio comincio subito a scrivere; al momento è la strada più breve per evitare di vedermi pignorare tutti i beni, casa compresa. L'aspetto paradossale è che io dovrei convincere l'avvocato dell'assicurazione che ho torto, in modo da convincere la compagnia a pagare Pio al mio posto, in forza del rapporto assicurativo che ho stipulato con loro per la responsabilità professionale. Insomma, quando mi metto a scrivere la relazione dovrei fare esattamente il contrario di quello che in realtà faccio, cioè spiegare che ho ragione e non torto. Finisco la relazione e la spedisco il giorno stesso.

Risultato, avvengono in sequenza queste cose:

a) l'avvocato dell'assicurazione, che forse leggendo la relazione qualcosa deve aver capito, riferisce al suo cliente che non ho fatto alcun errore e quindi non c'è nulla di cui debba rispondere,
b) l'assicurazione riferisce a me che non intende pagare per un errore professionale che secondo loro non ho commesso,
c) io riferisco la stessa cosa al legale di Pio, e, per chiudere in bellezza,
d) l'avvocato di Pio mi risponde che mi farà causa «a stretto giro di posta».

Carmen alla fine, anche se a malincuore, ha deciso: abbandonerà Renato e cederà alle avances del direttore de "Il Condominio", un nuovo sito concorrente. Il direttore, da quando l'ha incontrato qualche mese fa al convegno «Chi comanda nel condominio?», le ha fatto una corte spietata perché scrivesse in esclusiva per loro. Lei per mesi ha resistito, poi alla fine ha ceduto.

Le dispiace un po', perché a Renato è sinceramente affezionata e con lui è sempre andata d'accordo. Apprezzava anche quel suo modo timido e un po' goffo di corteggiarla. Poi lui ha smesso di pubblicarla ed è diventato più insistente e sgarbato, quindi ha lasciato stare.

Il fatto è che Carmen ha altri gusti, o per meglio dire ha proprio i gusti di Renato.

28

Di notte, magari quando ti svegli alle quattro di mattina e non c'è verso di riprendere sonno, un debito non è un semplice debito, o per meglio dire non è lo stesso debito. Le sue dimensioni si moltiplicano esponenzialmente fino a occupare l'intero orizzonte dei tuoi pensieri. E poi di debito non ce n'è mai uno solo: ci sono I DEBITI, che di notte non puoi combattere con una corsetta o andando in palestra per distrarti.

Così alle quattro non ti resta che pensarci e fare l'elenco. Il 16 del mese passano le carte di credito, e lì sono cazzi perché come sempre ne hai abusato, nella convinzione illusoria quanto comprensibile che un debito a distanza di trenta giorni non sia un pericolo reale. Ogni tre mesi ci sono gli interessi passivi sui fidi, compresi quelli per sconfinamento, che sono usura vera e propria, però li applicano le banche quindi sono legali. Poi c'è da pagare Sergio, dato che Andrea, già abbastanza dispiaciuto per aver dovuto rinunciare alla settimana bianca, non è più andato neanche al pranzo con i compagni di scuola. Sono scaduti i dieci pasti già pagati, e io nonostante le promesse non sono ancora passato a rinnovare. Sergio ha smesso di fare allusioni più o meno velate ad Andrea, e ha cominciato a dirgli chiaramente, per di più davanti ai compagni, che se non passo a pagare non lo fa più entrare. Da non dimenticare i regali di Natale, soprattutto le vacanze di Natale, roba da ricchi e non da gente piena di debiti come me, che però vacanze e regali li fa lo stesso, accumulando nuovi debiti. Alimenti, affitto e mutuo: tutti lasciati indietro. Tasse e iva, poi: neanche più le considero, se non quando mi arrivano le cartelle esattoriali a casa e allora mando la segretaria a chiedere la milionesima dilazione, che i Signori dello Stato gentilmente mi concedono a interessi mostruosi. So già che non pagherò le rate delle varie dilazioni, così dopo un po' mi arriveranno nuove cartelle esattoriali, che a loro volta rateizzerò, con interessi passivi per i pagamenti tardivi e sanzioni sempre più pesanti. E così via, all'infinito.

Di giorno i debiti sono sopportabili, ci si può persino scherzare sopra, o almeno fare qualcosa per cercare di ridimensionarli, ridurli da preoccupazione grave a semplice fastidio. Di notte è molto più difficile, quindi spesso rimango sveglio e penso a come fare per affrontarli; ma so benissimo che ormai è una battaglia persa in partenza.

A tutto questo si è aggiunto Pio, che sempre più spesso compare sulle pagine dei giornali, non più quelle dedicate alla cronaca giudiziaria come accadeva in precedenza ma quelle della finanza, dove si parla di persone che ce l'hanno fatta. Viene descritto come il Robin Hood italiano che si batte contro lo strapotere e l'arroganza delle multinazionali, come se lui vendesse cose diverse dalle loro o desiderasse cose diverse. A un certo punto mi appare addirittura sullo schermo della tv del circolo intervistato da Lucia Annunziata, ed è così bravo con quella sua aria da imprenditore onesto che quasi quasi convince anche me.

A tenermi sveglio c'è anche la sentenza d'Appello, che dovrebbe arrivare di lì a poco e che potrebbe condannarmi a restituire soldi che ormai, e da tempo, ho quasi completamente speso senza neppure riuscire a saldare tutti i debiti.

Insomma c'è da stare allegri, che in realtà è proprio quello che cerco di fare da anni, o almeno cerco di non farmi schiacciare dai debiti e dai pensieri negativi che ne derivano. È sempre e comunque meglio che non fare la sauna con Matteo o con gli altri soci del club, discretamente sovrappeso nonostante le ore di palestra, che si lamentano dei clienti che non pagano per poi ingegnarsi a trovare sempre nuovi modi per non pagare a loro volta il ristorante del circolo. Questo sì che è triste.

La notizia dell'esito della causa d'Appello arriva (anche se questa volta non sto sciando) con le stesse modalità di quella del giudizio di primo grado: una telefonata del mio legale. Questa volta, invece di dirmi subito com'è andata, Luca mi chiede come sto, come se volesse prendere tempo prima di darmi la mazzata finale. E invece, dopo che gli ho risposto che sto bene, con una certa accelerazione della voce mi comunica che non solo abbiamo vinto, ma che l'appello è stato respinto, in quanto giudicato inammissibile.

Questa è una bellissima notizia, perché in caso contrario sarebbe stata dura (meglio, impossibile) restituire tutti i soldi che ho preso dopo la sentenza di primo grado. Forse neanche Pio confidava molto sull'esito di questo giudizio, del resto impostato male sin dall'inizio, mentre sono sicuro che ripone tutte le sue speranze di annientarmi nell'esito della causa per il risarcimento dei tre milioni e mezzo di euro. È ormai questione di giorni e mi notificherà la citazione che darà inizio al processo.

Intanto ho vinto di nuovo, e mi viene da pensare per un attimo, uno solo, che anche Pio potrebbe avere qualche dubbio sul fatto che in fondo avessi diritto a chiedergli quei soldi. Magari, comincio a fantasticare mentre nella vasca il bagnoschiuma (stavolta nulla di eccezionale, solo un prodotto di erboristeria) comincia a rilassarmi, visto che ha perso lascerà cadere tutto, e amici come prima.

A rilassarmi non è solo il bagnoschiuma alla lavanda, o l'aver vinto la causa in Appello, ma anche il fatto che recentemente sono tornato un paio di volte dal legale dell'assicurazione per concordare le difese, e questa volta l'impressione è stata decisamente migliore, si è mostrato gentile e informato sui fatti. Una sera dopo l'incontro mi invita persino a prendere un aperitivo e mi dice «Gliela faremo vedere noi», che forse suona un po' enfatico ma almeno ti fa capire che sta dalla tua parte.

Rimaniamo d'accordo che mi costituirò in giudizio con una difesa molto blanda, lasciando che a seguire la maggior parte della difesa sia l'assicurazione che nel frattempo ho chiamato in causa a titolo di manleva. Del resto, dopo aver pagato un'assicurazione per tutti questi anni mi sembra giusto che siano loro, ora, a lavorare un po' per me.

A quel punto la mia seconda e giovane moglie decide di separarsi, o per usare le sue parole di allontanarsi «almeno per un po'». Una sua carissima amica (la sua testimone di nozze, che io odio da sempre e che mi ricambia di altrettanto affetto) lavora in una delle due banche dove ho i conti, e ha pensato bene di dare una sbirciata alle informazioni su di me e di riferirle che sono pessime e che il mio nominativo compare addirittura in più occasioni nel famigerato CRIF, l'elenco in cui se vieni inserito anche solo una volta per non aver pagato puntualmente una rata del motorino, di un asciugacapelli o di qualunque altra cosa, per due anni vieni segnalato come cattivo pagatore, con ogni comprensibile conseguenza. E siccome io di rate del motorino (mio e dei miei figli) o di qualunque altra cosa ne salto almeno una al mese, posso solo immaginare l'urlo di soddisfazione della cara testimone di nozze quando ha potuto finalmente comunicare alla mia mogliettina l'assoluta inaffidabilità del marito rampante avvocato con le pezze al culo.

Mi sembra di vederla, mentre si trattiene a stento visto che lavora in un open space, commentare ad alta voce «Lo sapevo, quel bastardo!», dopo aver fatto l'allarmante scoperta.

Non capisco se l'iniziativa di fare un controllo sia stata di Diletta, che dopo un po' dev'essersi insospettita per il fatto che ogni volta (adesso anche al ristorante) mi accorgo improvvisamente di aver dimenticato il portafogli e lascio che sia lei a pagare, o direttamente di quella simpaticona della sua amica. Poco importa, il risultato è che mia moglie decide di andarsene.

Prima di lasciarmi dice che non lo fa per i soldi, e in fondo sono sicuro che sia sincera, ma perché per tutti questi anni le ho mentito. Lei avrebbe saputo capire e starmi vicino, perché non è importante avere o non avere i soldi ma essere onesti l'uno con l'altra. Questo non è del tutto vero, perché ricordo benissimo (ma evito di dirglielo) che qualche volta ho cercato di dirle la verità, ma vista la sua reazione allarmata ho preferito subito buttarla sullo scherzo.

Sono convinto che non lo faccia per i soldi, che finalmente ha scoperto che non ho, e nemmeno perché le ho mentito, o per essere più esatti perché le ho taciuto la verità: lo fa perché sono venuto meno al mio ruolo, che è pur sempre quello di portare solidità, come ha fatto suo padre con sua madre. Solidità che significa anzitutto zero preoccupazioni economiche, che si tratti di organizzare una vacanza, di andare a cena fuori o sostituire un elettrodomestico. Venuta meno quella viene meno anche il matrimonio, alla faccia della «costruzione sulla roccia» come da Sacre Scritture lette dal pulpito durante la celebrazione del rito.

Mi dice che ha già preparato le sue cose, almeno quelle principali (i trucchi, immagino) e che tornerà poi con calma a prendere le altre meno importanti (forse alcuni vestiti di scarso valore). Mi dice anche di non preoccuparmi, perché lei «non è come la mia prima moglie che ha voluto solo soldi»; lei non chiederà nulla se non un «piccolo rimborso» per le spese che ha dovuto affrontare in questi anni dato che io non pagavo mai, e permettevo persino che a volte fosse lei a fare la spesa.

Il tutto ovviamente con ampio utilizzo della parola rispetto (o meglio la sua mancanza), che non è una caratteristica dei nostri litigi (anzi), bensì ciò che lei invariabilmente mi rimprovera in ogni occasione di scontro: «Tu non hai rispetto», o la sua variante «È una questione di rispetto». Figuriamoci in un caso come questo.

Comunque, nonostante lei mi assicuri che non stiamo litigando per mancanza di soldi ma per mancanza di rispetto, improvvisamente mi viene in mente cosa mi aveva detto l'avvocato di mia moglie (la prima) in occasione della separazione (la prima): il divorzio è roba per ricchi. Se un divorzio è roba per ricchi, mi chiedo, un secondo divorzio cos'è? Qualunque cosa sia, quel che è certo è che non me lo posso proprio permettere, perché ricco non lo sono più da un bel pezzo, ma prima di fasciarmi la testa decido almeno di aspettare di conoscere l'entità del «piccolo rimborso» che mia moglie (la seconda) chiederà nel corso della separazione (la seconda).

Nel frattempo, in attesa di ricevere

a) la lettera dell'avvocato di mia moglie (la seconda) che mi comunicherà presumibilmente l'entità del rimborso,
b) la lettera dell'avvocato della mia prima moglie (l'altro giorno mi ha mandato un succinto messaggio in cui mi spiegava che non può più aspettare e che le «hanno consigliato di andare dall'avvocato») che mi chiederà di rispettare i termini previsti per il mantenimento stabilito dal giudice, e

c) la lettera di qualche avvocato per qualche altro creditore, che a sua volta si è stancato di aspettare i miei pagamenti perennemente in ritardo,

insomma, mentre aspetto penso che per essere un avvocato di lettere di avvocati ne ricevo parecchie. Penso anche che devo convocare i ragazzi per avvertirli che torneremo a essere in tre in famiglia, un po' come i Genesis dopo l'addio di Peter Gabriel, o Crosby, Stills, Nash & Young senza Neil Young.

La sera stessa dell'abbandono parlo con i ragazzi: del resto prima o poi l'assenza di Diletta verrebbe notata, perché ogni adolescente deve pur sempre uscire dalla propria stanza almeno qualche volta, se non altro per alimentarsi.

Mentre sto illustrando le ultime novità in casa Speranza mi rendo conto che in pochi anni è la terza volta che noi tre ci troviamo a fare questo tipo di discorsi. La prima quando erano piccoli, per dire loro che io e la mamma ci saremmo separati, e non erano d'accordo (almeno Antonio, che era un po' più grande e qualcosa aveva capito). La seconda alcuni anni dopo, per chiedere il permesso di risposarmi; quella volta tutti e due avevano capito benissimo e proprio per questo non erano d'accordo. La terza è adesso; ormai sono grandi e, per la prima volta, piuttosto indifferenti. «Ah... Quindi si mangerà di nuovo male» è l'unico commento. Sul fatto del mangiare male non posso proprio dargli torto: sono totalmente negato in cucina, tanto che il mio piatto migliore è sempre stata la pizza da asporto che portavo a casa nei giorni di festa, in genere la domenica sera, per poi vedere tutti e tre insieme la partita.

In attesa di vedere quale delle tre lettere arriverà per prima, mi ributto nel lavoro: anche ai tempi della prima separazione è stato il modo migliore per non pensare troppo. In questo mi aiuta Renato Farelli, che mi pubblica un solido e inesorabile pezzo su *L'amministratore e la sua responsabilità verso i ragazzi che giocano a calcetto nel cortile condominiale*.

Se c'è una cosa che mi hanno insegnato la mia (prima) separazione e le difficoltà di tutti i tipi, anche economiche, che ne sono seguite, è che questa famosa solidità, che devo almeno ai miei figli prima ancora che a me stesso, e che più di tanto non mi sono mai sentito di dovere alle mie ex mogli (prima, seconda e magari anche una terza, chi lo sa), si costruisce proprio così: tappandosi le orecchie e andando avanti, perché anche il dolore e i dispiaceri più grandi possono essere vinti, almeno per un momento, se ci si impegna in qualcosa che piace. A me piace scrivere e a me piace il diritto, quindi appena posso scrivo di diritto.

29

Al circolo all'improvviso appare un cartello, messo in bella evidenza un po' ovunque: «Si avvisano i Signori Soci che d'ora in avanti ci si dovrà munire di scontrino prima di poter ritirare le proprie ordinazioni al tavolo del buffet». Qualcuno deve aver esagerato, e così adesso non potrò più mangiare al circolo tutti i giorni, dove almeno metà delle volte riuscivo a non pagare. C'è sempre il bar di fronte: costa molto meno ma è molto meno bello del ristorante del circolo. È triste, sono tristi le brioche, sono tristi i panini e i toast con il prosciutto arricciato sui bordi. E poi la famiglia che lo gestisce non fa credito a nessuno, neanche a noi del circolo, anzi soprattutto a noi. Qualcuno naturalmente, si narra addirittura l'impenitente Chicco, ha provato a infilare la porta senza passare dalla terribile nonna alla cassa, ed è stato gelato da uno squillante «Signore, ha dimenticato di pagare!» che ci ha convinti che lì proprio non è cosa.

Al bar di fronte comunque ci vado qualche volta, ma sempre evitando di portarci Andrea. Quando mi viene a trovare a pranzo dopo la scuola lo porto al ristorante del circolo, anche se sembra lo faccia apposta a ordinare le cose più care che trova, dal filetto al pesce, e sempre rigorosamente il dolce. Un paio di volte, quando ero veramente senza soldi, almeno il dolce gliel'ho proibito, accampando come scusa che non avevamo tempo, nonostante lui fosse pronto a ingurgitarlo in un secondo. Andrea però al tristissimo bar di fronte pieno di gente malinconica non lo porto. Almeno quello...

In ogni caso la novità è di breve durata e il cartello viene presto rimosso: da quando è apparso alla fine c'è più gente al bar che al ristorante del circolo, quindi si torna tutti a mangiare allegramente al ristorante del club e a cercare come sempre di non pagare.

30

Che poi la (seconda) separazione non è che mi renda allegro; anzi, a mia moglie (la seconda) sono veramente affezionato e ho imparato a volerle bene davvero, anche se la differenza di età, la presenza dei figli (miei) e la (per ora) assenza di figli nostri non ha reso le cose facili. Però ormai ho maturato, se così si può dire, la sindrome dell'equilibrista, per cui ogni contrarietà nuova che arriva mi sembra nient'altro che un grado di difficoltà e di perizia da aggiungere agli esercizi precedenti, già di per sé piuttosto complessi.

Tra l'altro non mi posso sedere sul davanzale e minacciare di buttarmi giù: tanto per cominciare ora abito al pian terreno, il che renderebbe la cosa ridicola, e poi queste cose si possono fare una volta, non due.

Avere debiti in questo senso è una ricchezza, perché se sei preoccupato per qualcosa di pratico è difficile trovare le energie per affrontare pensieri metafisici come la tristezza che deriva da un abbandono. O più esattamente i modi di affrontare un abbandono sentimentale invecchiano (crescono, se si preferisce) insieme a noi. Da adolescenti si va a sbattere contro un muro senza avere i mezzi per evitarlo, quindi ci si arrangia con teorie stagionate e di dubbio effetto basate più che altro sul vetusto chiodo schiaccia chiodo. Da meno giovani (prima separazione) il colpo è comunque duro, ma si tiene botta fino a quando il dolore non passa o almeno si attenua, anche perché gli interessi in gioco non sono più solo quelli di marito e moglie ma quelli molto più importanti dei figli. Da ancora meno giovani (seconda separazione) si cessa del tutto di dare un senso alle cose: si prende semplicemente atto che sono accadute. E si continua.

Il Festival del Condominio è da tempo la più importante manifestazione nazionale in materia di condominio. I primi anni si è svolta in piccole strutture, e il tutto si esauriva in una sola giornata. Negli ultimi anni, invece, l'attenzione verso l'evento (soprattutto in seguito all'importantissima riforma del diritto condominiale del 2012) è cresciuta enormemente, per cui il comitato organizzatore ha deciso di tenere la tredicesima edizione presso il centro fieristico di Rimini, sia per la funzionalità dell'enorme struttura sia perché la cittadina romagnola è facilmente raggiungibile da ogni parte d'Italia.

Ultimamente, mano a mano che la manifestazione guadagnava sempre maggiore importanza, si è presa l'abitudine di avere, all'interno della rassegna, momenti di intrattenimento: quest'anno ci saranno due equilibristi, Gli amministratori volanti, *e si assisterà alla breve rappresentazione comica «Riunione di condominio».*

La vera ragione per la scelta di Rimini, secondo i maligni, è tuttavia l'età ormai avanzata e la salute non troppo ferma del Conte Franco Maria Rapelli di Susa, fondatore e presidente di Unire - Abitare, associazione di amministratori molto influente e notoriamente legata ai poteri forti. Il Conte Rapelli ha bisogno di aria buona, si dice.

Al raduno viene data la possibilità a ciascuna associazione del settore di far partecipare un proprio esperto in qualità di relatore. Per Unire - Abitare è sempre stato designato il Conte Rapelli di Susa, il quale tuttavia più passano gli anni più limita il suo intervento a un saluto di benvenuto «ai cari amici venuti da ogni parte d'Italia», come ripete invariabilmente tutti gli anni, prima di sedersi sulla sua poltrona dove si abbandona a un sonno ristoratore dal quale riemerge solo quando malignamente, e per punirlo del suo comportamento, il moderatore pronuncia ad alta voce il suo nome per chiedere se vuole aggiungere qualcosa in merito all'intervento di un relatore. Il moderatore, non c'è neanche bisogno di dirlo, da quando l'evento ha assunto carattere nazionale è Renato.

Il centro fieristico di Rimini, come cita la brochure del Festival del Condominio, «si estende su una superficie di 460.000 metri quadri di cui 160.000 di area verde. Dispone di 169.000 metri quadri di superficie espositiva, 59.000 metri quadrati di servizi, 20 sale convegni modulabili, un centro operatori, 3 sale stampa, 2 ristoranti, 3 fiere flow, 10 punti di ristorazione, 11.000 posti auto attrezzati a camper service. Può contare inoltre su una stazione ferroviaria interna e una elisuperficie».

Renato al festival non va in elicottero ma a piedi; del resto l'albergo dove alloggia, il Fiera Rimini, si trova a pochi minuti dalla fiera. L'hotel è dotato di una piscina interna di dodici metri e di una vasca idromassaggio, delle quali Renato approfitta per togliersi di dosso la stanchezza del viaggio e della levataccia. In piscina nota con piacere, guardandosi allo specchio, che anche se ormai è vicino ai sessanta ha conservato lo stesso fisico atletico di quand'era ragazzo.

31

I concetti di rispetto e solidità cessano di essere eterei, come almeno per me sono sempre stati, e diventano perfettamente solidi e materiali quando la domenica mi reco a pranzo dai miei suoceri. Dopo due settimane che non vedo loro figlia (nonché mia seconda moglie) mi telefona il padre invitandomi a pranzo. Da quel fronte nessuna lettera di avvocato ma, immagino, un tentativo di chiarimento.

Dove vivono loro, in prima periferia, mi accorgo che quei concetti non sono semplici astrazioni: si possono toccare con mano, sono i muri stessi, che non presentano alcuna macchia di umidità e trasudano non solo solidità ma anche rispetto. E anche se «nessuna famiglia vorrebbe uno come te in casa», dopo averlo detto non hanno mai fatto nulla per danneggiarmi, anzi mi hanno sempre trattato bene nonostante io da quella volta a casa loro mi sia sempre rifiutato di tornarci.

Mi hanno sempre accettato, non esattamente con gioia, ma appunto con rispetto. Forse avrei dovuto venirci più spesso, perché esserci ora mi aiuta a capire meglio che se per noi "ricchi" (o presunti tali) il rispetto e la solidità sono valori a volte un po' ridicoli, comunque dei quali difficilmente abbiamo tempo di occuparci, qui tutto fa pensare che non solo le case popolari dove abitano, ma anche le famiglie stesse che ci vivono siano tenute insieme dal rispetto e dalla solidità che si garantiscono i coniugi l'uno con l'altro, e i figli verso i genitori. Mai e poi mai chiamerei mia madre "mammina", come fa ancora adesso mia moglie, e solo negli ultimi anni mi sono arreso all'anzianità dei miei genitori, riservando loro qualche gesto d'affetto. Qui si può davvero pensare che il «per sempre» che si pronuncia davanti all'altare sia un valore, non una frase che tanto prima o poi verrà travolta dall'ennesimo verbale di divorzio o di separazione consensuale.

Insomma, sarà l'atmosfera, sarà il senso di abbandono che ho provato in queste due settimane, ma per la prima volta parlo con i miei suoceri e dico la verità, dico le cose come stanno, dico che è vero che non sono più ricco perché gli alimenti che corrispondo ai miei figli e alla ex moglie non me li posso permettere, così come non mi posso permettere di portare in vacanza la famiglia due volte all'anno, ma dico anche che quelli sono i miei figli, e io per loro farei qualunque cosa, come farei qualunque cosa anche per i figli che ancora dovessero arrivare, e dico anche che a volte non ho i soldi neppure per comprare il giornale o per dare dieci euro ad Andrea e Antonio quando me li chiedono, dico che però sono convinto che le cose cambieranno e che prima o poi tornerà tutto come prima di questa maledettissima crisi che ci sta piano piano uccidendo tutti.

Parlo per un'ora e, cosa incredibile nel caso di mia

moglie, nessuno mi interrompe. Quando finisco c'è silenzio, ma è un bel silenzio. Suo padre dice solo che anche loro sono stati poveri, prima, e in difficoltà poi, ma che ne sono usciti stando vicini, e che non bisogna mai vergognarsi dei problemi, e che se ho bisogno posso chiedere a loro. «Andate a casa, adesso» chiude. Io prendo mia moglie per mano e ce ne andiamo: forse per la prima volta da quando la conosco, e anche se siamo sposati da un bel pezzo, mi pare che fra noi possa davvero funzionare «per sempre».

Tornando a casa in auto parliamo poco, più che altro di cose futili, per un bisogno di leggerezza che sentivamo entrambi dopo la pesantezza delle ultime settimane. Parliamo poco ma dentro di me, anche se non glielo direi mai, penso che sono stato fortunato a trovare questa bella ragazza tanto testarda e innamorata da riuscire ad andare contro i suoi genitori per amore di un uomo decisamente più vecchio di lei. All'inizio, forse, era soprattutto attrazione fisica, ora invece penso che se mi merito una donna così qualcosa di buono devo averlo fatto, e sono felice di poterla riportare a casa nostra. E poi si mangerà di sicuro meglio.

Penso anche alla prima separazione, quella vera, ai primi giorni difficili con i bambini piccoli nella casa nuova, alla sofferenza quasi insopportabile nel saperli in vacanza con la madre, o lontani e irraggiungibili anche se vivevamo a pochi metri di distanza. Penso al terrore di vedere nei loro occhi la sofferenza e il senso di abbandono che provavo io, ai momenti semplici e meravigliosi con loro, a fare cose da grandi che non avremmo mai avuto modo di fare come una vera famiglia, ad andare al ristorante o al cinema solo noi tre, ai fine settimana passati abbracciati in attesa della domenica sera, quando dovevamo separarci. Penso alla lettera dell'avvocato di mia moglie, ricevuta mentre stavamo facendo colazione, che annunciava il fallimento del nostro matrimonio. Penso alla stessa collega alla quale avevo telefonato poco dopo, chiedendole se non fosse il caso di avere un po' più di rispetto dei sentimenti altrui e dicendole che prima avrebbe potuto avvertire me, come se di quelle lettere non ne avessi mandate anch'io a bizzeffe. Penso alla sua reazione imbarazzata. E penso al fatto che di lettere così io da allora non ne ho più mandate.

Del resto siamo sotto Natale, quindi è un bene che ci siamo riappacificati. Non tanto per il Natale in sé, anche se in effetti non è la festa più indicata per stare da soli, con tutta la zuccherosa retorica di buoni sentimenti che lo pervade, ma per il ben più temibile capodanno, che in assenza di moglie avrei rischiato per disperazione e inerzia di passare al veglione del circolo, dove soci ben oltre la mezza età balleranno la lambada come tutti i fine anno, cercando di sedurre socie anch'esse (nonostante le apparenze) ampiamente non più in età da liceo.

Quindi molto meglio il matrimonio con la sua serenità ovattata e a volte un po' stucchevole che il trenino al circolo guidato da Giuseppina Ravellozzo, in arte Geppy, la socia-cantante che si esibisce ogni capodanno in abiti estremamente succinti che forse trent'anni prima l'hanno persino fatta sembrare sexy, effetto che ora può ottenere solo se bevi almeno cinque negroni uno dietro l'altro.

Il ben collaudato e solido repertorio di Geppy (pretende di essere chiamata così almeno durante il veglione di fine anno) prevede che prima di arrivare alla lambada si inizi con i lenti, roba tipo *Piccola Ketty* o *Maledetta primavera*, il suo cavallo di battaglia, che canta effettivamente benissimo e a piena voce. Dopo i lenti, quando i soci vogliono ballare e cominciano a spazientirsi, Geppy e la sua orchestra (come la definisce lei: in realtà si tratta del suo ex marito, con il quale è rimasto vivo il sodalizio artistico) passano ai veloci.

Poi, parecchio dopo il brindisi di fine anno, arriva finalmente la tanto attesa ora dei ritmi latini, e con loro il momento di Pino, il socio-ballerino, che abbandona di scatto il divanetto per prendere possesso del centro della pista, dove rimane fino all'alba.

32

Il giorno dopo il ritorno a casa della giovane e bella moglie, salutato dai figlioli adolescenti con la stessa indifferenza con la quale in genere accolgono ormai ogni cosa, è un altro di quei giorni un po' così: sul conto zero soldi causa il solito ritardo dei clienti nel pagare le parcelle, e richieste di puntuale pagamento di vari creditori privilegiati tra i quali: ex moglie («Non ho più neanche soldi per fare benzina o per mangiare. Dato che tu non me ne dai posso chiedere un prestito ai tuoi?» che è l'arma ricattatoria che usa quando non accetterebbe un no come risposta), segretaria («Avvocato, mi può saldare lo stipendio di novembre ché devo comprare i regali e pagare il pranzo di Natale?») e fratello ricco, al quale in effetti dovrei restituire quel piccolo prestito che in un momento di disperazione mi aveva concesso.

A far diventare la giornata ancora più indimenticabile ci pensa Pio, che tramite l'avvocato mi comunica di aver impugnato anche la sentenza d'Appello, procedendo a instaurare l'ultimo grado di giudizio, cioè il ricorso in Cassazione. Oltre a rimettere tutto ancora una volta in discussione, questo significa

a) che dovrò anticipare al mio legale qualche migliaio di euro per difendermi nel nuovo processo, e
b) che visti i tempi biblici della giustizia italiana, tra quattro anni (se va bene) saremo ancora qui, in attesa che venga fissata la prima udienza.

Per rilassarmi vado come sempre a pranzo al circolo, e più o meno funzionerebbe, se non fosse che dopo la solita corsetta trovo in sauna tre soci di età avanzatissima ovviamente nudi (essendo quasi ottantenni non è un bello spettacolo), che per di più non fanno altro che parlare di disgrazie accadute a qualche altro socio (vista l'età media piuttosto elevata accade sempre più di frequente).

Quindi lascio la sauna e il circolo se possibile più di cattivo umore di prima. D'altronde il nostro è un circolo di vecchi: ci siamo iscritti tutti circa vent'anni fa, quando ha aperto. Avremmo dovuto essere la nuova classe dirigente, pronta a dominare il mondo, ma anziché trasformarci nei previsti dominatori siamo diventati più che altro gente che si arrabatta per mantenere uno stile di vita che ha smesso di appartenerci da un pezzo.

A rendere il quadro ancora più desolante ha provveduto la crisi economica, che non solo ha impoverito i soci già iscritti, ma ha impedito che se ne iscrivessero di nuovi, più giovani, con il risultato che ormai più che un circolo il nostro sembra una casa di riposo per gente piuttosto sportiva.

In ogni caso appena arrivato in studio rispondo, nell'ordine

a) alla ex moglie che le farò il bonifico il giorno stesso, perché come lei sa bene non sopporterei mai l'onta di far sapere ai miei genitori che non pago puntualmente gli alimenti, e quindi la prego ancora una volta di non dire nulla;

b) alla segretaria che domani le farò avere metà dello stipendio di novembre, di più proprio non mi è possibile;

c) al mio avvocato, che mi dica quanto devo fargli avere come fondo spese per il nuovo processo in Cassazione.

Dovrei restituire i soldi anche a mio fratello. Quando però mi offro di farlo mi risponde: «Non mi devi niente. Sei mio fratello, e se c'è bisogno sono qui», facendomi sentire improvvisamente in colpa per il periodo, direi più o meno da quando siamo nati, in cui l'ho trattato con diffidenza.

Ed ecco che di colpo non ho più i soldi né per l'affitto dell'ufficio, che del resto non pago puntualmente da anni, né per l'iva, che questa volta speravo veramente di riuscire a pagare almeno per evitare l'ennesima cartella esattoriale, né per i regali di Natale dei ragazzi.

Per i regali provvederò con le carte di credito, rimandando come sempre il problema al mese successivo e riuscendo a non pensarci sino al giorno prima dell'addebito in banca, come se qualche forza misteriosa potesse intervenire in mio aiuto a evitare che la voce degli acquisti fatti trenta giorni prima possa inesorabilmente trovare posto sul mio estratto conto al 16 successivo di ogni mese.

Andrea sui regali di Natale non scherza: sceglie sistematicamente quello più costoso, e lo chiede già mesi prima della festività, assicurandosi così che tutti abbiano bene in mente che per lui è importantissimo averlo, e se per caso mostro qualche incertezza nel dirgli subito di sì mi fa presente che il suo amico Edo (il cui padre è ricco come Creso, o forse è Creso redivivo in persona) lo ha già da tempo, il che ovviamente pone fine ad ogni mia resistenza in proposito, perché non voglio certo che mio figlio si trovi in difficoltà rispetto al figlio di Creso.

Il padre di questo Edo l'ho conosciuto quando andai a prendere Andrea da loro a una festa, qualche anno fa. Saputo che facevo l'avvocato, mi disse che noi siamo i gattini mentre gli imprenditori come lui sono i leoni, e che lui gli avvocati li pagava sempre meno, per la crisi. Un simpaticone, non c'è che dire: del resto la ricchezza che traspirava dalla sua bellissima casa (mi aveva anche detto che sceglieva i libri, che del resto si vantava di non leggere «tranne quelli di spionaggio», per il colore del dorso che doveva essere intonato con quello delle pareti) nonché, devo ammetterlo, dall'altrettanto bellissima moglie, lasciava pochi dubbi su chi fosse quello abbiente tra noi due. E per uno come lui il terreno dove ci si confronta è quello dei soldi. Quindi se Andrea vuole veramente qualcosa sfodera l'arma segreta: mi dice che Edo ce l'ha, e io gliela compro. Fine della discussione.

Antonio invece è l'esatto opposto: non mi chiede mai nulla, e anzi quando voglio comprargli qualcosa mi dice sempre che costa troppo e che non la vuole. Io mi commuovo e come premio per essere un ragazzino già così assennato gliela compro lo stesso, anche se non potrei permettermelo.

Renato sta per attraversare l'ingresso est per entrare nell'imponente struttura del Centro Fiere. Sono quasi le tre del pomeriggio e lui è di ottimo umore, sia per gli effetti benefici della breve nuotata nella piscina dell'albergo, sia perché è una splendida giornata di fine novembre, sia (soprattutto) perché è sicuro che di lì a poco incontrerà Ambra Ramazzotti.

A Milano, nel fare la valigia, ha scelto con cura gli abiti da indossare e, cosa che non è sfuggita alla moglie, dopo una lunga esitazione ha abbandonato nell'armadio il consueto vestito grigio "di rappresentanza" e optato per un più giovanile spezzato sportivo. È convinto che, vagando nei vari stand delle associazioni, incontrerà Ambra e la porterà a cena.

Per rendere il tutto aderente al tema del convegno e alla moda del momento per i condomini ecosostenibili, ogni spazio espositivo ha l'aspetto di un piccolo condominio immerso nel verde, collegato agli altri dalle social streets.

Renato nel corso del pomeriggio percorre le social streets più e più volte, ma di Ambra Ramazzotti nessuna traccia. A un certo punto gli sembra di vederla all'incrocio tra Via delle Tabelle Millesimali e Corso delle Spese Straordinarie, ma è un falso allarme.

In piazza del Catasto si ferma a prendere un caffè, a poca distanza da quella che gli pare essere Carmen; però non ha alcuna voglia di salutarla, quindi evita di farsi riconoscere.

Quando finalmente ricevo la citazione di Pio sono in studio; meglio così, lì ne ho già viste tante e mi sento più protetto, mentre detesto ricevere le brutte notizie a casa, dove sono più vulnerabile. Ormai aprire la buca delle lettere è diventata un'attività pericolosissima, che effettuo con la maggior circospezione possibile, nel terrore di trovarci dentro, come spesso accade, e sempre nei momenti meno opportuni, una comunicazione di Equitalia o dell'Agenzia delle Entrate.

A casa rientro tutte le sere più o meno verso le otto, dopo il lavoro e spesso dopo essermi preso un aperitivo, quindi mi sono già un po' rilassato e non ho più alcuna voglia di complicazioni. Aspetto solo di entrare in casa, buttarmi nella vasca e (se ci riesco) non pensare troppo ai debiti sino al giorno dopo.

Però c'è ancora la prova della buca delle lettere da superare, e non sempre è indolore. La cosa peggiore, che non so perché accade puntualmente di venerdì, è quando al rientro non trovo la terribile comunicazione di Equitalia ma solo un avviso di avvenuto deposito di una busta, sul cui contenuto passo il fine settimana a immaginare le cose peggiori.

L'avviso è stampato su un pezzo di carta lungo e stretto, che nella buca si arrotola. A renderlo ancora più insidioso e detestabile è la sua quasi totale invisibilità. Mi accorgo che c'è quando sto chiudendo la buca delle lettere, sollevato per non aver trovato buste sospette; e invece eccolo lì, quel maledetto rotolino. E se sopra c'è scritto «Atti giudiziari» so già che sarà una serata di merda.

Entro in casa e poco dopo inizio a litigare per qualche stupidata con i figli (impresa non facile, perché proprio come il rotolino anche loro in casa sono quasi invisibili: si materializzano misteriosamente soltanto per cena) o con la moglie, evento viceversa per nulla difficile.

Un rimedio vero contro il rotolino degli atti giudiziari non esiste, però ci sono palliativi che conservano un certo valore, per esempio un cd di Vivaldi, accendere il camino e fare il bagno. Se invece arrivo a casa tardi e appena entro sento «A tavola!» e non c'è tempo per cd più camino più bagno, allora si litiga di sicuro, non c'è storia.

Però, anche se sono in studio e non a casa, ricevere una citazione in giudizio per una richiesta di risarcimento danni di tre milioni e mezzo di euro non è uno scherzo. L'atto è fatto bene, non me l'aspettavo: questa volta i legali vip (ai due precedenti se n'è aggiunto un terzo, più anziano e decisamente molto bravo) si sono superati, oppure Pio è stato convincente nel momento del congruo anticipo da versargli.

Per quanto mi riguarda, l'assicurazione pare intenzionata a difendermi nel migliore dei modi, quindi decido di costituirmi in giudizio in proprio: essendo un avvocato lo posso fare. Di servirmi del mio legale non se ne parla neanche: gli devo ancora dei soldi, e ora ho dovuto anche chiedergli di tutelarmi davanti alla Cassazione.

So bene che la mia copertura arriva a circa un terzo dell'importo richiesto da Pio, però mi pare difficile che, se mai risultassi soccombente, il tribunale accoglierebbe una richiesta del genere. Confido, inoltre, che se la causa si dovesse mettere male il legale dell'assicurazione cercherebbe una transazione nei limiti dell'importo per il quale sono garantito dalla polizza.

In ogni caso, assicurazione o non assicurazione, vista l'entità della cifra mi viene quasi da sorridere: a mettermi in difficoltà sono già più che sufficienti le richieste molto più economiche che Andrea mi sottopone quasi ogni giorno. A lui con molta fatica il più delle volte riesco a dire di sì, poi qualcosa mi invento al momento di pagare, ma se la richiesta di Pio venisse accolta la mia vita lavorativa sarebbe praticamente finita.

Per tranquillizzarmi penso di chiamare l'avvocato dell'assicurazione, al quale ho appena trasmesso la citazione; poi, nonostante nell'ultimo periodo i nostri rapporti siano molto più distesi, decido di non disturbarlo e mi limito a mandargli una mail in cui gli scrivo che la citazione è arrivata e che se vuole possiamo vederci per parlare delle richieste di Pio. Dopo una settimana non mi ha ancora risposto e la cosa un po' mi allarma, ma decido di non chiamarlo, giusto per non diventare a mia volta un cliente troppo stressante. Starà lavorando, penso, meglio non distrarlo.

La cena ufficiale, come Renato aveva immaginato, si rivela una gran rottura. Oltretutto gli capita un posto a tavola proprio vicino a quel vecchio fascista del Conte Rapelli di Susa, che tra il disappunto degli altri commensali si mette a cantare canzoni del ventennio pretendendo che tutti si uniscano al coro.

A un certo punto il Conte prende sottobraccio Renato e gli dice: «Lo sa, Farelli, perché l'Italia ha sempre perso le guerre? Perché siamo un popolo di ottimi ingegneri e di pessimi soldati. Lei però è stato alpino e certe cose non le può capire. Avrebbe dovuto venire con me tra i paracadutisti».

Renato è già di cattivo umore perché non ha incontrato Ambra, per cui non ha alcuna voglia di stare a sentire i deliri di quel vecchio pazzo. A peggiorare la situazione ci si mettono Gli amministratori volanti, *che devono interrompere il loro numero quando uno dei due si sente male (in effetti non sono giovanissimi).*

Domani però si terrà la riunione di tutte le associazioni intervenute al convegno, per finire alla grande con l'incontro plenario «Conoscere, amare, abitare il condominio», e lì di sicuro ci sarà anche Ambra.

Pio è metodico, lo conosco bene: sono sicuro che il giorno dopo la notifica è andato a correre con il fratello, e poi come qualunque altra sera a cena nel solito ristorante. Per me invece quello non è affatto un giorno come gli altri, quindi non faccio le cose che faccio più o meno tutti i giorni.

Quando si riceve una citazione per oltre tre milioni di euro, del resto, ci sono solo due modi per affrontare la cosa: il metodo razionale, che ho seguito leggendo scrupolosamente la citazione e trasmettendola all'avvocato dell'assicurazione, e il metodo irrazionale, che seguo di lì a poco, appena uscito dall'ufficio, nel tentativo di migliorare almeno passabilmente il mio umore.

Per festeggiare nel modo adeguato lo sgradito regalo di Natale decido di cavarmela alla vecchia maniera, quella cui facevo ricorso (anche con un certo successo, è innegabile che l'alcol sia una bella medicina contro le rotture di palle) da ragazzo per affrontare le prime cocenti delusioni amorose: giro di aperitivi al Bar dei Professionisti Perduti, una specie di isola che non c'è, dove però invece dei ragazzi di Peter Pan ci sono attempati professionisti di mezza età che vorrebbero dal barman solo un altro cocktail, possibilmente a credito.

Questi miei simili, prima di essere attempati (e al momento anche piuttosto bevuti) professionisti, sono stati ragazzi proprio quando, e più o meno come, lo sono stato io. Avendo condiviso con molti di loro gli anni dell'università e poi quelli iniziali della professione, con le inevitabili delusioni, riesco ancora a guardare con sincero affetto (soprattutto dopo il secondo Martini) il professionista bolso di adesso, dentro il quale riconosco il ragazzo pieno di speranze di ieri.

I loro fallimenti, del resto, coincidono all'incirca con i miei, e in certe occasioni dà un gran sollievo specchiarsi in qualcuno che ti capisce perché ha passato le tue stesse disavventure. Qui non siamo al circolo dei ricchi, dove ripetiamo a pappagallo che va tutto bene. Sarà per l'alcol che scorre a fiumi, sarà che sappiamo tutti benissimo il motivo per cui siamo qui e quindi non servirebbe mentire, ma se a uno chiedi come va ti dice la sua verità, che è poi quasi sempre la stessa per tutti: alimenti da pagare alla prima moglie (spesso anche alla seconda: conosco diversi casi di recidivi), figli che crescono con sempre maggiori esigenze, clienti sempre più rari e sempre meno in regola con i pagamenti.

All'American Bar sono entrato venticinque anni fa a festeggiare da solo la mia laurea con tre negroni.

All'epoca ero il più giovane; ora invece la mia età e il mio status sono perfettamente allineati a quelli degli altri avventori, compresa naturalmente l'attitudine al bere e la precarietà della condizione economica: per i professionisti bastano e avanzano i capricci sempre più inevitabili dei clienti, mentre i dirigenti d'azienda sanno già che passati i cinquanta più o meno tutti verranno mandati via per far posto «alle nuove leve», che magari hanno cresciuto loro stessi all'interno dell'azienda e che hanno il vantaggio di costare decisamente meno. L'unica cosa che è davvero cambiata sono le immancabili escort, oggi bellissime russe che si fanno corteggiare da questi malinconici uomini di mezza età, ridendo alle loro battute stanche anche se naturalmente non le capiscono.

Insomma, un bell'ambientino. Però, grazie al mio amato Martini Dry, che il nostro barman prepara in modo impeccabile, e grazie al fatto che sono uno che all'amicizia ci crede ancora, quando esco dall'American Bar mi sento molto meno sobrio ma anche meno preoccupato. Tanto ormai in tribunale fra udienza di separazione, divorzio e le varie molteplici cause pendenti con Pio ci vado quasi più spesso come cliente che come avvocato.

E poi la corazza si rafforza ogni giorno di più. Alla prima udienza di separazione da mia moglie ero diverso, quasi un'altra persona. Ricordo ancora i passi lenti con i quali all'ultimo mi allontanai dallo studio per percorrere i pochi metri che mi separavano dal tribunale, e la speranza che il giudice riuscisse in qualche modo a «riconciliare i coniugi», mentre il tutto si svolse in pochi minuti, senza che mia (ex, da quel preciso momento) moglie mostrasse il minimo segno di pentimento, e tanto meno di voler tornare sui suoi passi, ben lieta anzi del vantaggioso accordo economico raggiunto a mie spese, che a distanza di anni si sarebbe rivelato del tutto insostenibile per me e altrettanto illusorio per lei.

Poiché il tempo non è passato inutilmente, ho affinato nel corso degli anni il mio metodo irrazionale per affrontare problemi razionali attraverso lo svolgimento di attività che mi regalano un sollievo immediato. Al bere ho così aggiunto (cosa che faccio il giorno dopo appena arrivato in ufficio, senza neppure degnare di uno sguardo la sinistra citazione di Pio che mi attende inesorabile sulla scrivania) la mia prolifica attività di autore di articoli in materia di diritto condominiale.

Scrivo pertanto, con grande ispirazione e senza mai distrarmi, un pezzo che secondo me rimarrà come una delle pietre miliari del diritto condominiale (o forse del diritto tout court): «Il proprietario del posto auto è un condomino come tutti gli altri o no?» il cui invio viene in effetti salutato da Renato con un «Grazie», che è il massimo dell'empatia che ci si può aspettare da lui.

Sono invece molto meno ottimista per il fatto che l'avvocato dell'assicurazione, anche se manca poco alla prima udienza e ancor meno al termine per la costituzione, continui a non farsi sentire. Alla fine, dopo averlo chiamato un paio di volte invano, mi fissa un appuntamento presso il suo studio, dove mi comunica senza tanti giri di parole che l'assicurazione ha deciso di non affidare la pratica a lui, e che quindi sarà un altro legale a preparare la comparsa difensiva. Gli chiedo cosa significhi, ma lui o non lo sa o non vuole dirmi altro. Noto solo un certo imbarazzo e dispiacere per me, il che non mi pare molto incoraggiante. Dato che insisto, proprio quando mi accompagna alla porta mi dice: «Credo che vogliano tenere distinta la tua posizione dalla loro», e anche questa non mi sembra una cosa di cui rallegrarsi.

Uscito di lì, gli esiti del colloquio con quello che avrebbe dovuto essere (e non sarà) il mio difensore mi invitano a ricorrere al solito rimedio (il Martini Dry, non l'articolo sul giornale, visto che tanto l'ultimo sul proprietario del posto auto in un condominio nemmeno è uscito), ma decido di resistere per evitare di ricadere in antichi vizi che ora non mi posso più permettere.

Sto per tornare a casa, fiero della forza di volontà dimostrata, quando arriva un messaggio della mia ex moglie, che di recente ho trascurato più del solito, ovvero non le ho versato gli alimenti. «Oggi ho preso il pacco crisi dal macellaio», e io, coglione, invece di immaginarmi la donna che mi ha cacciato fuori di casa pochi anni prima senza battere ciglio, vedo una vecchina che cerca di farsi dare il pacco crisi con il quale questa sera potrà sfamare i nostri figlioli. In verità Nina è più giovane di me e si mantiene anche piuttosto in forma. Da quando ha lasciato il molto alternativo e sempre sorridente Maurizio per fidanzarsi con un istruttore di nordic walking, oltretutto, mostra anche qualche anno di meno. Del resto sempre meglio incontrarla in collina o al Valentino, tra le fila di quell'esercito silenzioso di camminatori armati solo di racchette, che non immaginarla a combattere con altri poveri davanti alle vetrine del macellaio (indifferente e anche un po' sgarbato).

A me l'ex moglie che fa la coda per il pacco crisi fa pur sempre un certo effetto. Magari esagera un po' per farmi pena, però io posso sempre sperare in un cliente nuovo o in un pagamento imprevisto, miracolo che seppur raramente qualche volta ancora accade, mentre lei come mille altri non vede possibili sbocchi al di là dei miei altalenanti bonifici. A quarantacinque anni ha smesso di lavorare, la sua società come tante altre è fallita e le possibilità che trovi una nuova occupazione sono praticamente inesistenti. La vera crisi del resto è questa: aver perso la speranza di poter ragionevolmente, com'è stato per i nostri padri, migliorare il proprio futuro e assicurare ai figli una certa agiatezza. Nel nostro caso, tutt'al più, si può solo lottare per cercare di non perdere troppe posizioni nella scala sociale, ma ci è precluso ogni sogno di fare meglio di chi ci ha preceduto.

Ad ogni buon conto ho retto (bene, devo dire) all'incontro con l'avvocato dell'assicurazione, che mi ha più o meno tolto ogni speranza di poter venire a capo della causa con Pio grazie a un accordo transattivo, ma cedo di schianto di fronte al messaggio sul pacco crisi, ultimata la lettura del quale non mi resta che dirigermi verso il mio amato Martini Dry, temporaneo ma infallibile rimedio contro i cattivi pensieri.

Il giorno dopo, anziché pagare i contributi come mi ero prefissato, dico alla segretaria di fare un bonifico alla mia ex moglie. Almeno per qualche giorno non corro il rischio, quando sto tornando a casa, di vederla incollata alla porta del macellaio mentre lotta per avere il pacco crisi.

Dopo il saluto introduttivo del Conte il convegno entra finalmente nel vivo, con un'interminabile serie di interventi, uno più noioso dell'altro. I relatori sono chiamati a parlare secondo l'ordine inversamente proporzionale all'importanza delle relative associazioni di appartenenza. Mano a mano che il convegno procede il pubblico inesorabilmente lascia la sala, cosicché gli ultimi relatori, che Renato introduce con aria palesemente annoiata e a volte anche irridendoli più o meno benignamente, si trovano a parlare davanti a una platea semivuota.

Il processo civile, a differenza di quello penale, è «ad impulso di parte», cioè vince chi fornisce la prova delle proprie affermazioni, prova che sostanzialmente si riduce alla escussione dei testimoni o alla produzione di documenti.

La causa precedente, quella che avevo fatto io a Pio per avere i soldi che mi doveva, era stata decisa dalle dichiarazioni dei testimoni, o meglio di un solo testimone, Delbech, che aveva inaspettatamente spostato l'ago della bilancia in mio favore. Ora, che Delbech mi disprezzi non ho il minimo dubbio: basta vedere la smorfia di disgusto che fa quando in auto, andando a casa (abitiamo vicini), mi vede seduto al bar della piazza con un bicchiere di vino in mano. Perché abbia deciso di dire la verità in effetti non l'ho capito; forse si sentiva in dovere di non mentire al giudice, o forse Pio gli stava ancora più sulle palle di me. Comunque sia, gli sarò sempre grato di averlo fatto, il che non toglie che anch'io a mia volta non provi per lui la minima simpatia.

Nel giudizio che Pio ha aperto adesso, in cui è lui a chiedere soldi a me, è del tutto presumibile che a decidere la causa in favore mio o suo saranno anche in questo caso le dichiarazioni dei testimoni, in particolare del solito Delbech. Quello che mi sembra evidente, da quando ho ricevuto la citazione, è che i testimoni di Pio dovrebbero dire esattamente il contrario di quanto detto nel processo precedente: allora avevano affermato che non facevo assolutamente nulla, e che quindi non avevo alcun diritto al compenso richiesto, mentre ora, viceversa, dovrebbero dichiarare l'opposto, ovvero che il mio incarico era così ampio da dover prevedere anche l'impugnazione di un provvedimento amministrativo. Sono curioso di vedere come gestiranno la faccenda; ho idea che questa contraddizione sarà per lui un problema difficile da sormontare.

Del resto la mia fortuna è sempre stata, almeno fino ad oggi, il punto debole di Pio: il fatto che fidandosi soltanto della sua intelligenza superiore si è rivolto ad avvocati mediocri e del tutto privi di talento (me escluso, ovvio). Ai miei praticanti, almeno fino a quando me ne sono potuto permettere uno, ho sempre insegnato che in questo mestiere non si deve cercare di ingannare o suggestionare il giudice, ma solo convincerlo con la forza e la linearità del ragionamento. Spesso si leggono atti che risultano indigesti per la quantità di forzature e travisamenti della realtà che contengono, cosa che di solito indispettisce il giudice oltre ogni limite, quasi che per vincere una causa si debbano usare una serie di formule di rito («valga il vero», tanto per dirne una fra le peggiori e più utilizzate) nonché un numero di punti esclamativi e interrogativi superiore almeno al centinaio. Le cause invece si vincono anzitutto avendo ragione, esprimendo con pacatezza le proprie idee e rispettando qualunque avversario, nonostante le affermazioni pesanti e persino offensive che può aver scritto. Mai avuto praticanti che siano riusciti ad arrivare alla fine di quello che di nascosto da me chiamavano Il Discorso senza sbadigliare o mostrare chiari e inequivocabili segni di noia abissale.

Al termine del convegno manca ancora l'intervento del temibile avvocato molisano Agostino Logozzo, in quota ad Amministrare al Sud, noto logorroico che ama infarcire i suoi interventi con abbondanti citazioni di autori latini se non addirittura (cosa curiosa dato che si parla pur sempre di condominio) della Divina Commedia. A Logozzo è di fatto impossibile strappare il microfono, una volta che se n'è impossessato dopo aver aspettato pazientemente il suo turno. Renato ha scrutato per tutto il tempo il pubblico nel tentativo di individuare tra i presenti Ambra Ramazzotti, e proprio mentre sta perdendo le speranze, con la platea ridotta a meno della metà, finalmente la vede, in ultima fila. È bellissima.

Renato relega sempre Logozzo quale ultimo dei re-

latori perché è pallosissimo e perché, per un motivo che in verità non è chiaro neppure a lui, in fondo in fondo è convinto che porti sfiga. L'unico che apprezza sinceramente gli arditi voli pindarici dell'avvocato molisano nel diritto condominiale, e che anzi aspetta con impazienza che venga il suo turno, è il Conte Rapelli di Susa, che durante il suo intervento riesce finalmente a raggiungere la fase REM del sonno, tornando tutte le volte a quando suo padre portava lui e il fratello vestiti da balilla alle adunate del regime.

Renato non può mai negare a Logozzo un piccolo spazio, per par condicio rispetto alle associazioni del Nord, molto più potenti e numerose. Di solito, però, un attimo dopo avergli passato il microfono gli chiede di concludere l'intervento.

Questa volta invece gli è debitore, perché appena l'avvocato molisano esordisce dicendo: «Dal momento che il mio è l'ultimo intervento, sarò di poche parole, ma ritengo opportuno partire dalle origini stesse del diritto condominiale», metà dei presenti all'unisono lascia la sala, e così Renato riesce finalmente a individuare la bella (ancor di più di come sembrava in foto) Ambra.

Il periodo precedente all'udienza va, dal punto di vista processuale, com'è logico aspettarsi: mi costituisco in giudizio come difensore di me stesso, limitandomi a una difesa piuttosto blanda e chiedendo l'autorizzazione a chiamare in giudizio la compagnia assicurativa «a titolo di manleva». Il giudice autorizza e la compagnia, appunto, si costituisce in giudizio con il proprio avvocato, che come già sapevo è uno che non conosco.

E qui iniziano le sorprese: l'assicurazione, invece di difendere il proprio assicurato, cioè me, sostiene di non essere tenuta nei miei confronti ad alcuna copertura assicurativa, perché la mia polizza è stata stipulata in qualità di avvocato civilista, mentre l'errore che mi viene imputato rientra nell'ambito del diritto amministrativo. Adesso capisco cosa intendeva il collega parlando di «tenere differenziate le posizioni»: dovrò andare in fondo senza poter contare neppure in minima parte sul loro aiuto, alla faccia di tutti i premi assicurativi (unica cosa che ho sempre pagato puntualmente, per evitare guai peggiori) che ho versato in venticinque anni di professione.

A me quella dell'assicurazione circa la mancata copertura della polizza sembra più che altro una scusa per scaricare il problema, ma è chiaro fin dall'inizio che il giudice la vede diversamente, e appena letta velocemente la comparsa in udienza mi consiglia caldamente «di trovare una soluzione transattiva». Come se fosse possibile trovare una soluzione transattiva per una richiesta di tre milioni e mezzo di euro di danni.

Anche nella nomina del giudice questa volta sono meno fortunato: a decidere sarà Generoso Vassallo, noto indolente sulle cui capacità giuridiche, correttezza e integrità non sono il solo a nutrire forti dubbi.

La seconda sorpresa, oltre ad essere scaricato dalla mia compagnia assicurativa, è che il legale di Pio nella sua memoria non indica i testimoni che mi sarei aspettato, cioè il commercialista e il fratello di Pio, ma il dottor Raniero Delbech e il suo fido assistente. Proprio i due che nella causa precedente avevano determinato la mia vittoria.

All'inizio penso che la presenza di Delbech come testimone indicato da Pio sia l'ennesimo errore dei suoi avvocati, e cerco di non dare importanza alla cosa, anche perché se ha testimoniato una volta in mio favore non può certo dire il contrario in un altro processo.

33

Il nostro circolo di finti ricchi, più (sempre meno) qualche ricco vero, è comunque frequentato da persone dello stesso ambiente, quindi non è raro, nello spogliatoio o in sauna, sentire discorsi su gente che conosci almeno di vista.

Venire a sapere che Pio ha cambiato commercialista, e che quello nuovo è Delbech, al quale ha affidato incarichi prestigiosi e ben pagati, capire che lo stesso Delbech non è più il testimone neutrale che dirà la verità perché tanto per lui è uguale, realizzare che il suo inserimento nella lista dei testimoni è stata un'idea geniale, rendermi conto davvero per la prima volta e con estrema chiarezza che potrei perdere: sono tutti pensieri che si susseguono in pochi secondi nella mia testa, mentre sono sdraiato su un lettino dopo una sauna. Non mi prendo nemmeno la briga di alzarmi per vedere chi sono i soci che ne stanno parlando nella stanza a fianco, tanto dalle voci li ho riconosciuti benissimo: noto commercialista e noto avvocato, entrambi abbastanza affermati per sapere con esattezza di cosa stanno parlando.

In pochi minuti realizzo che questa volta sono veramente nella merda, perché Pio ci ha messo un po' ma alla fine ha capito le regole del gioco, e questa volta sarà molto più difficile uscirne vincitore.

Esco dal circolo convinto di una cosa: se andrà come immagino, tra non molto non metterò più piede né al circolo né a casa mia, una volta venduta all'asta. Perché va bene essere un falso ricco, ma ben altra cosa è subire una condanna di oltre tre milioni di euro e scivolare inesorabilmente nella categoria dei poveri.

Logozzo, con Renato distratto a guardare Ambra, riesce per la prima volta a portare avanti il suo intervento (quarantacinque minuti tutti filati, senza nemmeno un'interruzione per un sorso d'acqua) praticamente fino alla fine: lui stesso, non riuscendo a capire le ragioni dell'improvvisa benevolenza di Renato nei suoi confronti, ogni tanto si volta come per chiedergli con gli occhi il permesso di proseguire.

Poi a un certo punto dice: «Dottore, io avrei finito».

Renato si scuote, e dopo un ringraziamento all'avvocato «per il suo esaustivo e interessantissimo intervento», pronuncia la frase che chiude ogni convegno: «Se non ci sono domande, direi che abbiamo concluso». Come rispondendo a un preciso segnale, tutti i relatori (tranne il Conte, che continua a dormire) si alzano all'unisono, onde evitare che qualche coglione dopo otto ore di convegno abbia veramente la bella idea di fare una domanda.

Logozzo, quasi incredulo per il suo improvviso quarto d'ora (anzi, tre quarti d'ora) di notorietà, è l'ultimo tra i relatori (Conte escluso) a lasciare il pal-

co, quasi a voler immortalare quello che per sempre ricorderà come uno dei momenti più belli della sua vita di relatore, passata per lo più a essere liquidato in pochi minuti davanti a una platea stremata e ridotta ai minimi termini.

Renato invece è tra i primi a scendere, e mentre Logozzo è ancora sul palco raggiunge Ambra, che lo aspetta proprio in cima alle scale, con un sorriso luminoso e decisamente promettente.

34

Il buon avvocato è quello che riesce a prevedere l'andamento del processo e a seguire una strategia vincente fin dall'inizio, come in una partita a scacchi. In questo senso Pio si è decisamente portato avanti: non solo ha deciso da subito quale strategia processuale utilizzare per vincere la causa, ma ha anche disposto i pezzi in modo da assicurarsi ottime possibilità di vittoria.

Saputa la bella notizia dell'altissima possibilità di perdere la causa e di trovarmi in mezzo a una strada di qui a poco, non resta che reagire secondo lo schema consolidato.

Per la parte irrazionale faccio in fretta: qualche aperitivo molto alcolico al solito bar e un paio di articoli. Per quella razionale non ci vuole molto di più: l'unica cosa che mi resta da fare è chiedere al tribunale di non ammettere la testimonianza di Delbech quale teste legato a una delle parti e quindi «non indifferente», come richiesto dal Codice. Ammettere o meno un teste è decisione a pieno arbitrio del giudice; c'è però il rischio che Pio abbia immaginato una simile mossa, e che quindi si sia preparato, per esempio non facendo risultare Delbech come un professionista legato alle sue società.

La possibilità di mettermi anch'io in coda per il pacco crisi non è mai stata così reale.

C'è comunque (come sempre) chi sta peggio di me: io ho in effetti una seria prospettiva di qui a poco di dover rincorrere il pacco crisi, ma è pur sempre meglio che passare la serata davanti al televisore del circolo a vedere una partita qualunque, cenando da solo, come vedo fare a Matteo. Mi è sempre stato simpatico, perché il suo non far finta di essere ricco ma ammettere davanti a tutti di avere problemi è spiazzante in un posto come il nostro, dove la regola è ostentare ricchezza a qualunque costo e contro ogni evidenza. Sbattere la sua tristezza così in faccia ai soci, però, è veramente troppo; se davvero non ha niente da fare che se ne stia a casa. Incontrarlo in quelle condizioni al bar del circolo mentre andiamo a sederci al ristorante per una serata dedicata all'alimentazione dell'atleta è fastidioso, ragion per cui, come tutti dopo aver visto il suo sguardo liquido da avvinazzato, passo oltre senza neppure salutarlo.

Del resto c'è un limite anche alla simpatia. Un conto è dargli una pacca sulla spalla quando gli passi vicino al bar e non far finta di ignorarlo, un altro è trovarselo al tavolo dove stai cenando mentre ti chiede di sedersi, e vedere quella tristezza così solida e reale quando sei già immerso fino alle orecchie nei tuoi problemi. Una cosa imbarazzante e sgradevole per tutti, tanto che qualche socio glielo fa notare, forse fin troppo chiaramente, obbligandolo a tornarsene al suo posto a vedersi la partita, nella quale la sua squadra del cuore sta perdendo in casa contro gli ultimi in classifica già retrocessi. Quando si dice la sfiga.

In attesa dell'udienza per l'«escussione dei testi», trovandomi, oltre a un sacco di debiti, qualche soldo in tasca, decido di fare ciò che faccio di solito nei giorni ricchi: vago per i banchi del mercato davanti allo studio e acquisto un bel pezzettone di Parmigiano Reggiano, che poi la sera esibisco a casa ai figli chiedendo loro (mai una volta che accettino) di prenderne un pezzo. Non mi importa che lo mangino davvero: voglio fargli sapere che loro padre è un uomo talmente ricco e di successo da potersi permettere un pezzo di Parmigiano di quelle dimensioni.

Che poi questa cosa del Parmigiano probabilmente risale a un trauma infantile, perché mia madre in tutta la mia vita mi ha negato (chissà poi perché) solo due cose: un costume di Carnevale per andare alle feste delle elementari (tuttavia l'ho ottenuto facilmente facendole presente che «tutti i miei compagni ne hanno uno, anche Dario, figlio di operai, e per giunta da Zorro, mica uno qualsiasi»), e appunto un enorme pezzo di Parmigiano, che mi stavo tagliando prima che lei mi dicesse: «Costa tanto. Prendine meno, Arturo».

Il Parmigiano da esibire ai figli e alla moglie (io stesso me ne servo appena arrivato a casa, e in pochi giorni è finito) è il principale ma non unico atto simbolico al quale ricorro per dare sfogo alla mia condizione di uomo, si fa per dire, ricco. Altro atto non meno importante e parimenti significativo è mettere qualche monetina nel salvadanaio dei ragazzi. Il fatto è che, se non sono abbastanza svelti, difficilmente riescono a usufruirne, perché puntualmente provvedo io stesso a svuotarlo («Le cambio in banca e poi ve le restituisco») nei molti giorni di povertà assoluta, quando anche poche monetine in tasca fanno la differenza e mi permettono almeno di sopperire ai bisogni essenziali, tipo comprare il giornale e prendere il caffè.

Una variante è lasciare qualche monetina in macchina nell'apposito vano tra i sedili, a significare, come dico sempre ai ragazzi, che «se sei ricco non hai paura che qualcuno ti rubi le monetine dalla macchina». Quest'ultima frase ha fatto non pochi danni, perché anche adesso che sono grandi i miei figli mi sfilano i soldi dal portafogli (se non lo trovano vuoto) ma mai e poi mai si permetterebbero di prendere le monetine in auto, simbolo di ricchezza e di floridità della nostra famiglia.

Il vero termometro per misurare il grado di ricchezza o povertà (ogni famiglia invariabilmente ne ha uno) è però legato al tipo di bagnoschiuma utilizzato: per ogni differente grado di momentanea disponibilità economica esiste la marca adeguata. Si va dai prodotti top di gamma, Santa Maria Novella o l'amato Penhaligon's, che acquisto solo un paio di volte l'anno, quando stranamente tutti i clienti pagano in poco tempo e quindi mi sento davvero ricco, a quelli di qualità mediocre che compro al supermercato, fino a scendere a quelli scadenti che acquisto nei discount, quando sono veramente a pezzi ma devo comunque continuare a lavarmi.

Tra l'altro frequentare i discount, con le loro bottiglie di vino a meno di un euro che mi sono sempre chiesto cosa contengano, rappresenta un ottimo esercizio al quale nei momenti di povertà assoluta mi sottopongo, non senza un sottile piacere autolesionistico, camminando tra le corsie e immaginando un futuro che ora non sembra poi così distante. Comunque, per ora sono sempre stato in grado di riemergere dal discount, per tornare nei molto più accoglienti supermercati di categoria superiore, o addirittura nei negozi bio, che costano un'esagerazione e dove nei periodi particolarmente fortunati mi premio acquistando a un prezzo esorbitante il bagnoschiuma rinfrescante al limone Weleda, già pregustando il momento in cui lo verserò copiosamente nella vasca da bagno, da vero uomo ricco.

Appena Renato la raggiunge, Ambra comincia a parlare. Parla mentre raggiungono il ristorante del centro fieristico, parla mentre si siedono al tavolo da otto (occupato per il resto da alcuni geometri di Senigallia che per fortuna si fanno i fatti loro), e parla mentre mangiano (fa solo una piccola pausa ogni tanto per buttare giù un boccone, ma pur di non interrompersi non mangia quasi niente). Insomma, non fa altro che parlare, dicendo di essere una «scrittrice amante di tutto ciò che riguarda il condominio», attività alla quale si dedica «anima e corpo» (Renato si chiede se sia da interpretare come un'avance rivolta direttamente a lui) e che spera di «poter in futuro collaborare sempre più spesso alla pagina del sabato che Lei dirige così bene».

Già molto prima di arrivare al dolce, Renato di Ambra non ne può più, così come realizza che non ne può più dei suoi esperti e neppure dell'alpino, delle cui eroiche imprese datate tanti anni fa si è definitivamente rotto i coglioni.

Quando il pranzo sta per terminare Renato deve alzarsi per stringere la mano ai molti presenti che lo conoscono, e che vogliono salutarlo prima di lasciare la fiera. Intorno al tavolo si crea una certa confusione, e lui dopo un momento non la vede più. È il segno che aspettava più o meno da quando Ambra ha iniziato a parlare.

Mio padre l'ho scoperto a trent'anni, quando lui più o meno a sessantacinque è andato in pensione e ha lasciato il lavoro di dirigente, che non ha mai amato, per potersi finalmente dedicare alla sua vera grande passione: scrivere in dialetto crepuscolare poesie sostanzialmente basate sull'abbandono della casa paterna da parte dei figli (in realtà io e mio fratello siamo rimasti a vivere con loro sino a un'età piuttosto avanzata) o sull'amore eterno per mia madre. Fino a quel momento ci eravamo di fatto ignorati, io troppo preso dalle turbe adolescenziali dalle quali mi facevo travolgere con l'insopportabile risultato di prendermi troppo sul serio, lui troppo concentrato su quel lavoro che non amava. Quando ci siamo finalmente avvicinati ho scoperto una persona meravigliosa, ricca di umanità, e da allora ho cercato di recuperare quanto avevo perso passando tutto il tempo che potevo in sua compagnia.

È stata l'unica persona capace di dirmi quelle poche cose sensate, e non le solite quattro banalità degli amici, che mi sono servite per affrontare il dolore della mia prima (e almeno sino ad ora unica) separazione. Di un'altra cosa gli sono estremamente grato: quando ce n'è stato bisogno (spesso, e anche in tempi nei quali vista l'età avrei dovuto cavarmela da solo), mi ha sempre aiutato senza farmelo pesare, firmando assegni di importi anche sostanziosi a mio favore con la sua bella grafia antica.

Se n'è andato una mattina, all'improvviso. Semplicemente si è dimenticato di svegliarsi, senza neppure avere la possibilità di dire una sola parola d'addio; proprio lui, che per anni ci ha tormentato urlando «Aiuto!» fortissimo e senza motivo solo per attirare la nostra attenzione.

Fino alla sera prima stava bene, era anche venuto a vedere la partita di calcio di Antonio; per farlo arrabbiare gli dicevo sempre che era il preferito dei suoi quattro nipoti.

Per il funerale mi riprometto due cose: comprare un paio di occhiali neri con le lenti a specchio (fatto, facile) e assolutamente non farmi vedere piangere per mantenere intatta la mia solida fama di uomo tutto d'un pezzo. Riuscirei anche nel secondo intento, senonché durante la cerimonia funebre vengono lette, su richiesta di mia madre, alcune sue poesie. Reggo bene quella dedicata alla moglie (anche perché devo ammettere che è bruttina), ma su quella dedicata a me e a mio fratello non ce la faccio e qualche lacrima scende. Mio padre di lacrime ne meriterebbe di più, ma io e mio fratello, un po' come tutta la nostra generazione di confusi e insicuri, siamo cresciuti imparando a nascondere i sentimenti, forse per reazione a quel grande uomo che invece non si è mai vergognato di mostrarli. L'ho visto ridere e piangere, l'ho visto mille volte felice e altrettante infelice. Mi ha insegnato che la vera libertà sta nel poter esprimere i propri sentimenti, e io ho sempre fatto l'esatto contrario.

Dopo la sua morte prendo l'abitudine di telefonargli. Cercando un nome sul cellulare ho notato infatti che c'è anche un suo numero memorizzato. Neanche mi ricordavo di averlo, perché mio padre odiava i telefonini e si rifiutava di usarli. Comincio a chiamarlo e le prime volte, dato che ovviamente non risponde, appena attacca la segreteria metto giù. Dopo un po' però decido di lasciargli dei messaggi, storpiando malamente quel dialetto che amava tanto. Non voglio che diventi un'ombra, e quello, per quanto stupido, è un modo per continuare a comunicare con lui.

Gli dico cose semplici e inoffensive perché non voglio preoccuparlo; non gli ho mai parlato delle mie cause con Pio quando era in vita, né lo farò adesso. Più che altro gli ricordo i risultati della sua squadra del cuore, a volte anche falsandoli, tanto non credo che abbia la possibilità di controllare, oppure gli dico i voti dei nipoti che lui amava tanto, anche in questo caso portando gli inevitabili quattro di Antonio a delle quasi sufficienze.

Non so dove sia quel telefonino, non l'ho mai saputo, ma non ha importanza. Un giorno smette di suonare perché si dev'essere scaricata definitivamente la batteria, e io smetto di chiamarlo.

35

Ultimamente scrivo anche un articolo al giorno, un po' per non pensare all'udienza che si avvicina di pari passo con la mia probabile rovina economica, un po' perché il lavoro continua ad essere quello che è, ben lontano dal benissimo che ripetiamo come un mantra al circolo. Come attività collaterale, oltretutto, ora partecipo quasi settimanalmente in qualità di «ospite esperto del settore» al terribile TG del Condominio, dove per circa dieci minuti in collegamento Skype rispondo alle domande di una gentile aspirante giornalista in materia di diritto condominiale. L'unico spettatore certo (l'unico in assoluto, temo) sono io: pochi giorni dopo che il TG viene messo in rete vado a rivedermelo, e a volte mi trovo piuttosto bravo.

Mano a mano che il processo si avvicina mi capita di fantasticare di vivere delle mie attività collaterali, dimenticando che il compenso è insufficiente persino a pagare le spese dell'educatore del cane, che ogni due settimane (mia moglie lo ritiene indispensabile) viene a dirci come ci dobbiamo relazionare con il cucciolo che abbiamo appena preso. A un certo punto l'istruttore ha chiesto ad Andrea «Qual è il tuo scopo?»

quando lui cercava solo di fare due carezze al cane. Di fronte a tanta spudoratezza impallidirebbero persino certi miei colleghi furbacchioni.

Poter vivere del mio lavoro di pubblicista, titolo al quale aspiro fortemente e per il quale ho presentato regolare domanda all'ordine dei giornalisti, mi permetterebbe di fare a meno di tribunali, giudici, clienti e colleghi, ma soprattutto di quell'assurdo teatrino delle udienze: due all'anno mediamente per ogni causa, cosicché prima che un processo giunga al termine nel migliore dei casi ci vogliono circa quattro anni solo per il primo grado di giudizio. E a deciderlo non è quasi mai lo stesso giudice che ha iniziato il procedimento e sentito i testimoni.

Che non sarebbe possibile vivere di quei pochi articoli me lo dimostrano in ogni caso i messaggi in arrivo a scadenze precise dalla mia ex moglie, che ha perfezionato un suo sistema per ottenere più facilmente (almeno è quello che pensa) l'unico reddito che di fatto da anni ne assicura la sussistenza. Il primo messaggio arriva il giorno stesso della scadenza del termine per gli alimenti: «Mi hai fatto il bonifico?» ben sapendo che la risposta sarà negativa. Il secondo arriva pochi giorni dopo: «Quando pensi di farmi il bonifico?» I messaggi successivi diventano meno prevedibili, dal patetico «Non ho più neanche i soldi per dare da mangiare ai bambini» al ben più minaccioso «Allora chiedo ai tuoi». In entrambi i casi, a quel punto di solito cedo, e verso a lei quello che dovrei dare alla segretaria per lo stipendio, o alla padrona di casa per l'affitto dello studio che ormai da anni occupo praticamente a scrocco.

Tra l'altro anch'io ho i miei bravi debitori da sollecitare, o meglio pregare, per i pagamenti dai quali dipende se non proprio la mia esistenza almeno la mia tranquillità. Nel mio caso non si tratta come per Nina di un ex marito, al quale si può imporre in tanti modi di adempiere, bensì di aziende per le quali faccio delle consulenze, lavori che non avrebbero di sicuro nessun problema ad assegnare a qualche mio collega, pescando con facilità nel mare sterminato di avvocati-nuovi poveri disposti a tutto pur di prendere un nuovo cliente. Ragion per cui io a differenza della mia ex moglie non mi posso avvalere di minacce più o meno velate: mi devo limitare a qualche benevola richiesta di informazioni a proposito dei pagamenti delle fatture, come se dovessero avvenire non perché me li sono meritati con la mia attività, ma per loro gentile concessione.

Anche in questo è cambiata la nostra figura professionale, una volta ammantata di chissà quale alone di rispettabilità e ora ridotta a una caricatura di se stessa. Da quell'orgogliosa categoria che eravamo siamo diventati degli artisti circensi capaci di qualunque acrobazia pur di compiacere il cliente di turno, per quanto stronzo esso sia, sperando in questo modo di assicurarci il pagamento delle parcelle in tempi non troppo lunghi.

Lo sputtanamento è uguale per tutti, e io non sono diverso dagli altri: da bravo saltimbanco di nuova generazione mi accomodo nelle sale d'attesa dei clienti dove a volte mi dimenticano per delle mezz'ore, salvo poi ricevermi quando hanno un minuto di tempo e senza mai nascondermi un certo fastidio per la mia presenza della quale nel frattempo magari si erano pure dimenticati, presi da cose più urgenti. Non c'è nulla di più triste di vedere un'ex categoria orgogliosa come la nostra genuflettersi davanti a nuovi padroni che spesso neppure ci rispettano.

Del resto smettere di pagare sembra essere diventato un principio comune a molti nostri clienti. Riconoscono che ci troviamo in difficoltà decifrando alcuni indizi rivelatori, come un vestito non stirato perfettamente o messo troppi giorni di seguito oppure un'auto non proprio recentissima. E quindi, poiché un avvocato povero è chiaramente un cattivo avvocato, si sentono autorizzati e giustificati a non pagarci o a pagarci il meno possibile.

Questo per me non è privo di conseguenze: ormai almeno una telefonata su due non è, come spero, da nuovi potenziali clienti, ma da spocchiosissimi incaricati di recuperare il credito dei loro padroni.

36

Alla fine non resiste e lo fa davvero: si mette sotto la giacca i tre pennarelli costosi, quindici euro in tutto, che i nostri figli le hanno chiesto per la scuola e procede spedita verso l'uscita senza pensare che ci potrebbero essere dei controlli.

Quando vado a prenderla trattiene a fatica le lacrime. Appena rimaniamo soli non ce la fa più e scoppia a piangere. Devo abbracciarla perché smetta, così, in mezzo alla strada. In quel momento penso che sono tanti anni che non ci tocchiamo, dai tempi della separazione, esattamente dalle ultime fredde notti che abbiamo passato insieme prima di lasciare «la casa coniugale», tutte trascorse senza sfiorarci né tantomeno rivolgerci la parola. Aspettavo che dormisse, o che fingesse di farlo, per darle almeno una carezza, unica libertà e residuo di vita coniugale che non poteva impedirmi, anche se sentivo che sotto la mia mano si irrigidiva in forza dell'odio che provava verso di me.

Penso a quanto le ho voluto bene, a quanto ci siamo immaginati e promessi un futuro diverso, e penso anche che proprio in quel supermercato, dove la mia ex moglie è appena stata umiliata, ci sono stato pochi anni fa, quando ero uno degli avvocati di tutta la catena della quale faceva parte anche quel punto vendita: ricevuto con tutti gli onori dal direttore dell'epoca che poco fa è passato facendo finta di non riconoscermi, o semplicemente non riconoscendomi proprio.

Prima di lasciarci Nina mi spiega che non è la prima volta, che l'hanno già sorpresa e che in alcuni supermercati neppure può più entrare. Mi dice anche di non avere più i soldi per la benzina o per pagare l'assicurazione della macchina, e che proprio oggi i figli, sapendo che andava al supermercato, le hanno chiesto di prendere quelle penne, e che lei non ha saputo dire di no. Mi chiede di aiutarla, sono ormai tre mesi che non le verso più nulla. Le rispondo come al solito di non preoccuparsi, che a giorni riceverò un grosso bonifico; però questa volta devo sembrarle meno convinto (e convincente) del solito, perché scoppia di nuovo a piangere.

Prima di chiamare la solerte incaricata del recupero crediti ENI che minaccia da giorni di tagliarmi il collegamento dell'energia perché non ho pagato lo scaduto, mi riprometto di essere freddo e determinato, e di farle presente che sono un avvocato e che quindi se fanno una cosa del genere senza averne diritto (in verità non pago da mesi e ho bucato qualunque piano di pagamento rateale concordato, quindi ne hanno diritto eccome) lei stessa andrà incontro a gravi conseguenze. All'incaricata però del fatto che io sia un avvocato non può importare di meno, ammesso che lo abbia capito. Continua solo a dirmi: «Signor Speranza», anche se io continuo a ripeterle che sono avvocato e che quindi esigo che mi chiami con il mio titolo, «se non paga entro oggi chiudo la pratica e interrompiamo il servizio». Dopo un attimo abbandono freddezza e determinazione e comincio prima a urlare e poi a pietire. È chiaro che è lei a comandare: io sono con le spalle al muro. Alla fine la convinco ad aspettare altri tre giorni prima di staccare il servizio.

Dal mio punto di vista, un ottimo risultato.

La scelta che mi si pone, del resto, è tra evitare il fermo amministrativo della macchina, per cartelle esattoriali non pagate, o salvare la luce e il riscaldamento. Alla fine, seppure a malincuore, decido per l'auto; d'altronde la uso sempre: commetterei un reato, cosa che con la mia professione proprio non mi posso permettere.

Oggi tra l'altro è venerdì, per cui posso fare un breve sunto della settimana. Mi sono occupato in particolare di:

a) chiedere ai clienti «per favore» di pagare le fatture scadute,
b) promettere ai miei creditori che a breve pagherò i miei debiti,
c) lottare con l'ENI per cercare di non farmi tagliare la luce e il gas, e con la mia ex moglie, tornata brillantemente all'attacco dopo lo choc del tentato furto. Adesso minaccia di andare dall'avvocato se non le pago subito almeno parte degli arretrati degli alimenti.

Direi una classica settimana dell'ultimo periodo, e per ultimo periodo intendo gli ultimi dieci anni. Tra le voci da inserire invece nelle caselle attive, di solito il bilancio del venerdì lo faccio immerso nella vasca da bagno. Ricordo di aver scritto ben due pezzi comparsi sul quotidiano economico e uno sulla rivista giuridica "La Legge", che oltretutto mi paga: una miseria, va bene, però paga. Altra voce assolutamente positiva che mi fa pensare che alla fine chiudo la settimana in pareggio, se non addirittura in attivo, è che nonostante non possa per ovvie ragioni prelevare (secondo mia moglie sono anni che non ricordo sistematicamente il pin), mi sono rimaste in tasca non le solite monetine che recupero cercando in tutte le giacche (ultimamente anche in quelle dei figli), ma ben centodieci euro. Il che mi dovrebbe permettere, se non succede nulla di imprevisto, di andare a vedere la partita di calcio di Antonio, comprare la pizza per il sabato sera e passare un fine settimana tranquillo.

In verità per poter essere certo che il bilancio della settimana si chiuda con il segno più dovrò verificare una volta rientrato a casa se mi hanno staccato luce e gas oppure no: non sono così convinto che la scorbutica incaricata della riscossione crediti dell'ENI non abbia tagliato corto concedendomi un paio di giorni più per noia che per reale convinzione.

Se hanno staccato («operato il distacco dell'utente», secondo il loro linguaggio aulico e immaginifico, e non si capisce se l'utente verrà distaccato solo dalle loro forniture o dall'intero universo dei buoni per precipitare in quello dei cattivi pagatori) dovrò rivedere il mio bilancio settimanale, e anziché il bagno bollente con lettura di libro, che attendo come momento conclusivo con il quale reputo di tributarmi il giusto premio per essere arrivato intero al fondo anche di questa settimana, mi toccherà giustificare con moglie e figli il motivo per cui per l'ennesima volta mi è sfuggita una bolletta da pagare.

Sono due alternative molto diverse fra loro. Se vince il sì (niente distacco), affondo nella vasca e mi preparo degnamente al fine settimana, durante il quale ho ormai maturato una capacità quasi innaturale di rimuovere qualunque pensiero negativo di qualsivoglia genere. Se vince il no (distacco effettuato), niente bagno caldo e neppure doccia, che rappresenta pur sempre un'alternativa degna di essere presa in considerazione, e cena fredda, con moglie e figli sempre meno disposti a concedermi credito e a lasciarsi convincere che siamo vittime di un errore da parte del fornitore di luce e gas, al quale certamente (faccio pur sempre l'avvocato, no?) farò causa per l'ingiustizia subita. O almeno così dico.

Rientro a casa con notevole apprensione, temendo di vederla al buio causa mancanza di energia elettrica. Scopro invece che la luce c'è e che funziona tutto. Il quadro famigliare è quello tranquillizzante che sognavo; in casa tutte le luci accese e i termosifoni emanano un piacevole per quanto costoso calore, al quale non avendo pagato non avrei diritto di accedere. In ogni caso, appena mia moglie non mi vede abbasso la temperatura.

Quindi settimana certamente positiva, e mi concedo anche di chiedere di sfuggita al figlio spiaggiato davanti al televisore com'è andata la scuola, domanda alla quale ovviamente non risponde, ben sapendo (sia io sia lui) che comunque non presterei la minima attenzione a cosa mi direbbe. Ecco, questo è uno degli aspetti rassicuranti della famiglia: salvo fatti gravi (per fortuna rari), nessuno ascolta nessuno e tutti perseguono semplicemente il proprio benessere nella quasi totale indifferenza degli altri, sperando solo che i vari percorsi non siano in contrasto l'uno con l'altro. Per me potrebbe unicamente avvenire se qualche famigliare mettesse in dubbio il monopolio quasi tirannico che esercito da sempre il venerdì sera sulla vasca e sui bagnoschiuma di maggior pregio.

37

Quando rientro al lavoro succede una cosa strana. Io di solito il lunedì mattina, se non ho impegni (e di solito il lunedì mattina non ho mai udienza e mi guardo bene dal fissare appuntamenti), mi difendo dall'inizio della settimana con l'immobilità di una lucertola al sole, nel senso che rimango davvero immobile alla scrivania. Limito al massimo gli spostamenti e faccio solo attenzione, quando passa qualcuno in cortile, a mantenere un'aria assorta come di chi sta leggendo qualcosa sullo schermo, mentre in realtà il computer di solito neppure lo accendo. Mantengo questa posizione di immobilità quasi assoluta fino a quando non mi sembra di essere finalmente in grado di iniziare la nuova settimana. Per me è come una stanza di decompressione, come se fossi un astronauta appena tornato dallo spazio che ha bisogno di tempo prima di affrontare la nuova atmosfera.

Questo lunedì però mi viene un'idea quasi geniale (anziché il solito pallosissimo e scontato commento di una sentenza) per un pezzo in materia di diritto condominiale. Dopo averci pensato un po', visto che non trovo controindicazioni nonostante mi sembri molto strano che nessuno ci abbia ancora pensato, condivido la mia idea con gli altri Illuminati, secondo le modalità che il nostro Vate ci ha insegnato e che rispettiamo tutti fedelmente.

La reazione non è la consueta indifferenza di tutti o il sarcasmo venato da un sottile filo di cattiveria di Renato; questa volta vengo accolto da una moltitudine di commenti abbastanza ammirati o comunque sorpresi, nonché dalla pronta richiesta di Renato di «scrivere 4.500 battute più la scheda di percorso»; praticamente il massimo della visibilità alla quale possiamo ambire noi collaboratori.

Quindi esco dalla consueta immobilità da bradipo del lunedì e scrivo di getto il pezzo. Sono contento ma anche preoccupato: lo prendo come un segno del destino, che vuole premiarmi per qualcosa per poi punirmi puntualmente subito dopo. Infatti tra un po', ormai pochissimo, ci sarà l'udienza con l'escussione dei testi, quindi c'è poco da stare allegri. Io però da sempre cerco di mostrarmi allegro, un po' per i figli e un po' perché ho capito che lasciarsi andare serve solo a peggiorare le cose. E questo non me lo posso proprio permettere.

A volte però non si può proprio far finta di essere allegri. Per esempio quando Matteo si suicida, per giunta proprio al circolo, forse perché alla fine era il posto dove passava più tempo da quando era rimasto senza clienti, o forse perché lì pensava di avere ancora degli amici. E allora almeno per un momento smettiamo di fingere che vada tutto bene.

Al funerale ci sono quasi tutti i soci, anche in quel caso i vip da una parte e noi dall'altra.

Mentre stiamo andando via Mimmo, che non vedevo da un pezzo perché non frequenta più il circolo, si avvicina e mi chiede se so perché l'ha fatto.

«Perché viviamo vite impolverate» gli rispondo. Lì per lì non capisco perché l'ho detto, però dopo un attimo penso che sia proprio così.

38

L'udienza inevitabilmente arriva, e questa volta ci devo proprio andare, perché mi difendo da solo. L'avvocato dell'assicurazione invece neppure si presenta, perché il giudice ha incredibilmente accolto la richiesta di estromissione del suo cliente dal giudizio.

Cominciamo subito male: i miei testimoni, due colleghi amministrativisti, per pararsi il culo da qualunque sorpresa ammettono a stento di conoscermi (uno lo incontro tutti i giorni al circolo), ma negano nel modo più assoluto che io gli abbia presentato Pio perché si occupassero loro delle questioni di diritto amministrativo della Nuova Farmacia Italiana.

Delbech viene ammesso a «rendere testimonianza» nonostante la mia opposizione e aggiunge solo una cosa falsa a quanto di vero aveva dichiarato nel precedente giudizio: ribadisce che sono stato il legale di Pio e che lui si fidava solo di me, e questo è vero, ma sostiene di ricordarsi benissimo come Pio in sua presenza mi avesse dato incarico di impugnare quel cazzo di provvedimento amministrativo che io (in verità non me lo aveva chiesto) non ho mai impugnato.

È una bugia bella e buona, e lo sa benissimo, ma il

fatto è che sarà con ogni probabilità posta alla base della sentenza che a questo punto mi aspetto essere la peggiore possibile. Che andrà male del resto lo capisco appena Raniero Delbech entra in aula; sempre più alto (forse i vip crescono anche in età adulta) e sempre più emaciato, quasi bello nella sua fierezza distaccata e sempre meno somigliante a un corvo ma piuttosto a un elegante airone cenerino, non mi degna neanche di uno sguardo e si reca davanti al giudice a testimoniare senza alcuna incertezza, demolendo con precisione demoniaca tutte le mie difese, senza che il mio pur bravo avvocato (cioè io stesso) riesca in qualche modo ad arginarlo.

Mentre lo ascolto mentire spudoratamente penso che potrei denunciarlo per falsa testimonianza. Ma a cosa servirebbe? Non certo a modificare l'esito del giudizio civile ormai segnato; e poi lui non è uno qualsiasi, come me, ma un consulente di chiara fama nonché amico personale di tanti giudici. Sarebbe del tutto inutile.

Inoltre mi rendo conto che di tutta questa storia ormai non me ne frega più nulla, come se la fatica fatta in tutti questi anni per difendere quel poco di precaria solidità economica che mi sono conquistato con tanti sacrifici non avesse improvvisamente più alcuna importanza.

Quello che penso, in verità, quando ascolto l'esimio dottor Delbech precisare quando e dove avrebbe con le sue stesse orecchie sentito Pio chiedermi di impugnare quel famoso provvedimento, è che l'unica cosa che vorrei veramente fare in questo preciso momento è tornare a casa dai miei figli. Ma non dai due adolescenti che sono adesso: dai miei figli quando erano piccoli. Vorrei andare a prenderli a scuola come facevo allora, e portarli finalmente tutti e due a casa mia, per godere almeno a giorni alterni di quel calore e amore che provo nei loro confronti. Penso che sarebbe bello tornare indietro e poterli avere con me, non solo il fine settimana ma tutti i giorni, per poter vivere la loro vita intera e non quel poco tempo che un giudice mi ha assegnato.

Alla fine dell'udienza è ormai chiarissimo a tutti come finirà la causa, soprattutto chi vincerà e chi perderà. Pio esce dall'aula subito dopo la testimonianza di Delbech, tanto ormai la partita è chiusa. Io, come gli altri avvocati, devo rimanere fino alla fine per chiedere al giudice di fissare l'udienza per la decisione della causa. Non c'è altra attività istruttoria da compiere.

Quando esco dall'aula vedo Pio. Non se n'è andato come speravo, ma è in corridoio appoggiato al muro: chiacchiera a bassa voce con il fratello, e si è messo in modo che debba per forza passargli davanti. L'espressione è quella di sempre ma io, che lo conosco, vedo la fredda ferocia che ha negli occhi quando ha raggiunto un risultato che gli sta particolarmente a cuore.

Immagino sia rimasto lì in gesto di sfregio, o semplicemente per assistere al mio scoramento. Il fatto è che in verità non me ne frega più nulla, di lui, della causa e neppure dei suoi soldi.

La prima cosa che si impara quando si fa l'avvocato come ho sempre fatto io, cioè da soli e non protetti da grandi studi che riempiono di nomi e di sedi esotiche la propria carta intestata, è che le cause si possono perdere e che bisogna imparare ad accettare le sconfitte e le possibili conseguenze. D'altronde ho deciso di aprire uno studio mio da giovane proprio per questo motivo: voglio essere io in prima persona a dover rispondere delle mie azioni al cliente, nel bene e nel male. E anche se a volte è doloroso, per loro e per me, ho sempre guardato i clienti in faccia senza dover distogliere lo sguardo. Ho sempre voluto che si fidassero di me, e ho fatto di tutto per meritarmi e ricambiare la loro fiducia. Poi, è andata com'è andata.

Le sconfitte che fanno più male sono quelle dove si sa di non aver fatto del proprio meglio, ma quando ho lavorato per Pio mi sono speso più che potevo, quindi ora è inutile farsi il sangue amaro.

Il risultato è che passandogli vicino nel corridoio del tribunale dico solo: «Degli altri non vedo quasi più nessuno. Solo Franco, qualche volta, perché Piero si è trasferito all'estero», e me ne vado senza aspettare un'eventuale risposta.

Che poi la cosa strana è che non riesco a odiarlo neppure adesso, e credo che tra di noi la differenza sia sempre stata questa: lui a un certo punto ha deciso di rovinarmi per un torto che credeva di aver subito, mentre io volevo solo essere pagato per il lavoro svolto. Penso anche che se mi venisse incontro con la mano aperta mi verrebbe voglia di parlargli come se niente fosse, di riprendere i mille discorsi interrotti, e penso che mi è sempre piaciuto quel suo modo improvviso di ridere anche nelle situazioni più disperate, che almeno per un momento mi faceva tornare ragazzino.

La sera torno a casa senza neppure passare per l'aperitivo. Non ho più voglia di sbronzarmi e di vedere professionisti di mezza età ormai alcolizzati fare la corte alle escort russe. A mia moglie non dico nulla, tanto di solito è lei che mi racconta cosa le è successo in ufficio. Della vicenda di Pio non ha mai saputo niente, solo che a un certo punto l'ho perso come cliente e anche come amico. Quindi lascio che mi racconti come le è andata la giornata e la incoraggio a riferirmi cos'hanno detto di particolarmente spiritoso i suoi colleghi in ufficio.

La situazione cambierà drasticamente per tutti noi, su questo non c'è dubbio, ma all'«udienza di discussione», quella in cui il giudice pronuncerà la sentenza, manca ancora parecchio, e io ho delle cose da fare.

Ci sono giornate buone e giornate meno buone. Le giornate buone sono quelle in cui non devo correre in banca a coprire non so come un assegno, e dove ho almeno i soldi per prendere il caffè al bar e comprare il giornale. Le giornate meno buone sono quelle dove non ho neppure i soldi per caffè e quotidiani, e siccome non so rinunciare a nessuna delle due cose, mi devo inventare qualcosa per trovare i pochi euro che mi occorrono.

Anche per Andrea ci sono giornate buone e meno buone. A breve mi dovrà di nuovo chiedere i soldi per andare alla settimana bianca (alla precedente non c'è poi andato; ha preferito dire che non ne aveva tanta voglia e rinunciare lui stesso, piuttosto che sottoporsi all'umiliazione di ammettere che il papà non aveva pagato la quota di iscrizione), e quella per lui rischia di essere una giornata non molto buona, perché sa benissimo (ormai si è quasi arreso all'evidenza di non avere un papà ricco come il papà del suo amico) che la risposta sarà di nuovo no.

La situazione economica non è migliorata neppure dopo la morte di mio padre. La quota di eredità che mi spetta me l'ha già liquidata in vita, con tutte le elargizioni che nel corso del tempo mi ha fatto e delle quali da uomo preciso e giusto qual è sempre stato ha tenuto puntualmente conto e lasciato memoria scritta. In sostanza ciò che rimane dell'eredità, ovvero la casa e un po' di titoli, se lo divideranno mia madre e mio fratello.

Mio fratello, quando apriamo il testamento e vede come stanno le cose, mi chiede se può aiutarmi e se mi serve qualcosa. Gli rispondo che va tutto bene e che non ho bisogno di nulla. A parte tre milioni di euro, dovrei aggiungere.

La prima cosa che faccio è fissare un appuntamento dal notaio per l'atto di donazione con il quale trasferirò gratuitamente alla mia ex moglie l'unica cosa di valore che possiedo: la casa. L'atto notarile è fatto in frode ai creditori, cioè in sostanza di Pio, il che vuol dire che una volta ottenuta la sentenza di condanna nei miei confronti non avrà alcun problema a chiederne la revoca. Però per ottenerla ci metterà degli anni, anche perché io in quanto legale di Nina utilizzerò ogni mezzo processuale possibile per fargli perdere tempo. In questo modo, almeno per i prossimi quattro anni a lei e ai ragazzi rimarrà la mia casa (ex anche quella, ormai); al limite avranno qualche problema con la luce e il riscaldamento, per il mancato pagamento delle bollette.

L'accordo con la mia ex moglie prevede anche la riduzione del mantenimento (che tanto non ho mai versato puntualmente) dell'importo di settecento euro che sino ad ora pagava per l'affitto di casa sua. Io risparmierò e loro vivranno in una casa più bella: tutto sommato un buon accordo.

Quando la casa sarà inevitabilmente venduta all'asta, o su richiesta di Pio o della banca (ho intenzione di smettere di pagare anche il mutuo, già che ci siamo), ci porremo il problema. Per adesso va bene così.

Il secondo appuntamento lo fisso con i proprietari dello studio, che con me sono sempre stati molto pazienti e comprensivi. Spiegherò come sono andate le cose senza tanti giri di parole, e chiederò di cambiare il contratto locativo da solo commerciale a parzialmente abitativo, in modo da poterci andare a vivere con mia moglie, se ci vorrà venire.

Non ci sarà una stanza per i ragazzi e quello un po' mi dispiace, però sono contento di sapere che smetteranno per un po' di cambiare casa ogni due giorni per stare con l'uno o con l'altro genitore. Per come vanno le cose ultimamente, del resto, mi capita sempre meno spesso di ricevere clienti in studio, e nel caso li accoglierò in salotto.

Il terzo appuntamento, il più difficile, lo lascio per ultimo: devo dire a Diletta e ai ragazzi come stanno le cose. Lo farò solo pochi giorni prima dell'udienza, quando non potrò proprio farne a meno.

Mia moglie dovrà prendere una decisione, e capire se vorrà seguirmi o meno; dopo avermi sentito parlare chiaramente di fronte ai suoi genitori, almeno non potrà dire che non sapeva almeno in parte come stavano le cose.

L'udienza di discussione, come del resto tutto il nostro ottocentesco processo civile, segue un rituale ben preciso: dapprima il giudice relatore espone per sommi capi l'argomento del contendere e le contrapposte tesi difensive agli altri giudici del collegio (di solito sono cinque magistrati), poi prendono la parola gli avvocati delle parti, che possono limitarsi a richiamare le conclusioni dei propri atti difensivi o, viceversa, decidere di discutere la causa.

Una regola non scritta, ma che tutti gli avvocati del nostro Foro hanno ben presente, vuole che quando un legale decide di discutere la causa avverta qualche giorno prima sia il collega avversario sia i magistrati, in modo che tutti sappiano che l'udienza a differenza del solito non sarà breve. Al mio avvocato, cioè a me, prima dell'udienza non viene comunicato nulla dal collegio difensivo di Pio, quindi presumo che essendo la causa «di facile soluzione» non ci sarà alcuna discussione ma ci si limiterà a richiamare ciascuno le proprie conclusioni finali.

Ho deciso di fare l'avvocato dopo aver visto un film in cui Paul Newman segue, solo contro tutto e tutti, un caso disperato. Nonostante l'innocenza del suo cliente la causa sembra persa, fino a quando lui si alza e arringa la Corte con una tale bravura da riuscire a vincere e a far assolvere il suo assistito dall'accusa di omicidio.

Le cose a me sono andate un po' diversamente: per i primi due anni di professione, quando ero ancora praticante presso lo studio del mio avvocato, le uniche parole pronunciate in aula sono state la solita formula di rito («Mi rimetto») con cui ci si affida al giudizio della Corte. Si trattava di una serie di cause tutte uguali, non è che ci fosse molto da discutere.

Adesso però mi viene in mente che Paul Newman nel film è seduto e quasi non ha voglia di alzarsi e parlare. È sicuro di aver perso. Poi comincia a balbettare qualcosa, senza crederci tanto neppure lui, ma via via l'arringa prende forma fino a diventare un capolavoro di oratoria che spiazza gli avvocati della controparte, ben più ricchi e famosi, e soprattutto convince i giudici.

Così, per un istante, quando la Corte mi dà la parola, mi alzo in piedi e penso di parlare, di dire come sono andate realmente le cose. Poi vedo i loro sorrisi beffardi, quello del presidente innanzitutto. So che gli sto dando quello che aspettavano, non vogliono che mi arrenda subito, vogliono vedere che lotto con tutte le mie forze. Vogliono divertirsi, i bastardi. Allora mi viene in mente quando, tanti anni fa, pensavo che sarei diventato un grande avvocato. Mi risiedo e sussurro, senza guardare nessuno: «Mi rimetto».

Trattandosi, come per buona parte del processo civile, di una questione più che altro formale, al termine dell'udienza i giudici si ritirano in camera di consiglio, per poi ricomparire improvvisamente avvolti dalle loro toghe e dare modo al presidente (toga con gli alari dorati) di leggere la decisione presa dal collegio agli avvocati (toga con alari argentati) delle parti. La decisione in verità viene presa giorni prima dell'udienza, il che spiega perché normalmente gli avvocati rinuncino alla discussione.

Più tempo passa da quando il collegio si ritira a quando ricompare per la lettura, più si pensa che la decisione sia complicata. In realtà è possibile che spesso il collegio faccia semplicemente una lunghissima pausa caffè, o persino che i magistrati si facciano i fatti loro o commentino gli ultimi avvenimenti sportivi o politici.

Né io né i colleghi avversari abbiamo chiesto di discutere, quindi la nostra è un'udienza pubblica e possono assistere tutti gli avvocati le cui cause saranno chiamate quel giorno. Normalmente davanti al collegio si sta in rispettoso silenzio, e ci si alza in piedi ogni volta che entrano i giudici; non si assiste al cazzeggio vergognoso che caratterizza per esempio le udienze di sfratto. Nel mio caso, tra l'altro, ad attirare l'attenzione è la presenza di un avvocato (il sottoscritto) che risponde a un ex cliente, notissimo imprenditore che gli chiede un sacco di soldi. E se conosco i miei colleghi, nessuno vorrà perdersi lo spettacolo.

La camera di consiglio richiede pochi minuti, segno evidente che i magistrati hanno trovato facilmente l'accordo.

All'uscita questa volta ad aspettarmi non c'è il mio vecchio amico Pio e neppure il suo inseparabile gemello, ma l'usciere del tribunale al quale (quasi nessun avvocato possiede una toga propria) devo dare i cinque euro (mai capito perché debba costare così caro) per l'affitto della toga. Il peggior investimento della mia vita.

Nel breve tratto dal tribunale a quello che oltre ad essere il mio studio è diventata anche la mia casa, noto che per essere primavera inoltrata è una giornata piuttosto fredda. All'andata, preso da altri pensieri, non me n'ero neppure accorto. In quella passeggiata vedo avvocati come sempre di corsa, mentre io, per una volta, non ho alcuna fretta e posso prendermela comoda.

Forse per il ritmo blando della camminata, che induce alla meditazione, mi torna in mente mio padre, che di fronte a qualunque difficoltà diceva sempre: «Va tutto bene». E il più delle volte non so come ma riusciva anche a convincermi.

Del resto sono talmente stanco di vivere preoccupandomi di soddisfare i creditori che non mi dispiace ridurre drasticamente le spese insostenibili e uno stile di vita che da anni non è più adeguato ai miei introiti.

Mi dispiacerà invece lasciare la casa che ho comprato dopo la separazione. Acquistarla ha avuto un significato di rinascita, di passato che ci si lascia alle spalle. Ricordo che la prima volta che ci sono entrato per andarci a vivere, dopo i lavori di ristrutturazione, mi sono affacciato dal terrazzo e ho pensato, o forse ho persino detto a bassa voce: «Qui voglio essere molto felice».

E in fondo è stato proprio così, almeno fin quando è durata.

39

Una volta liberatosi senza rimpianti di Ambra, Renato passa velocemente in albergo per una doccia (farebbe ancora volentieri due bracciate ma purtroppo non c'è più tempo) e per cambiarsi, dopo di che si incammina (gli sembra passato un secolo da quando è arrivato) verso la stazione di Rimini.

Appena arrivato sul Freccia Rossa che lo riporterà a Milano in poco più di due ore, dà un'occhiata veloce alla mail (ce n'è anche una di Ambra, che gli chiede dove sia finito) e poi tira fuori per l'ennesima volta le bozze del suo alpino.

Comincia a riscriverlo, ma questa volta, più che dell'alpino, racconta gli anni di giurisprudenza, che lui ha fatto per compiacere i genitori ma che in verità ha sempre odiato, di sua moglie, di come si sono conosciuti una sera proprio su un treno e da allora non si sono più lasciati, della scelta che hanno fatto insieme dopo interminabili discussioni e che avrebbe cambiato per sempre le loro vite, degli "anni maledetti" (così li aveva definiti un cantautore dell'epoca che a lui piace tanto) della sua gioventù, e dei figli che finalmente sono arrivati e che lui non ha mai capito, ma che non ha mai smesso di amare neppure per un momento.

Smette di scrivere soltanto quando è veramente contento, per la prima volta, di quello che ha scritto. Il collega caporedattore della pagina culturale, al quale come sempre sottopone per primo il suo lavoro, lo chiama una sera nel suo ufficio e gli dice: «Bravo Renato, stavolta ci siamo. Stavolta sei proprio uno scrittore. Ora capisci perché io non ho mai più scritto? Si è scrittori una volta sola».

Renato lo ringrazia e il giorno dopo manda il suo Tanti anni fa sono stato un alpino *ai soliti editori. Però è sicuro che questa volta qualcosa succederà.*

Anche se non sarebbe giusto fargliene una colpa, alla fin fine si deve alla distrazione di Renato, e al lungo intervento dell'avvocato Logozzo, la tragica fine del Conte Rapelli di Susa, cullato prima dal discorso ipnotico del molisano e poi dal silenzio ovattato della sala deserta. Al termine dei lavori Renato aveva anche annunciato che visto il successo di questa edizione del Festival del Condominio anche le successive si sarebbero tenute presso il centro fieristico di Rimini.

Per colmo della sfortuna, quella sera anche gli addetti alle pulizie avevano particolare fretta di andarsene a casa, quindi neppure loro si accorsero della presenza del Conte, che nel frattempo era scivolato, sempre senza svegliarsi, dalla sua poltrona alla comodissima moquette posta sotto il tavolo dei relatori.

Il Conte finalmente si svegliò, a notte fonda, quando il convegno era finito da un pezzo. Privo di telefo-

nino (diavolerie moderne che aveva sempre avversato), non ebbe neppure la possibilità di chiedere aiuto. È comunque eroicamente sopravvissuto per ben due settimane, mangiando barrette ai quattro cereali prese dai rifornitori automatici, prima di arrendersi, sempre eroicamente, al fato avverso.

Poco prima di morire, tra l'altro, pare – anche se non c'è nessun testimone che possa confermarlo con sicurezza – che il Conte con le ultime forze abbia mormorato (era ormai allo stremo e la voce gli usciva a fatica) un discorso di notevole tensione morale del quale purtroppo non è rimasta traccia.

Dell'assenza del Conte non si accorsero neanche i figli (non gli parlavano da anni a causa di alcuni dissapori su questioni ereditarie) fino a quando, non senza stupore, lessero la tragica notizia sui giornali.

Quanto ai componenti di Unire - Abitare, pare che nessuno ne sentisse particolarmente la mancanza, tanto che esiste il fondato sospetto che chi si ricordò di lui e notò la sua assenza si guardò bene dal segnalarla alle autorità competenti.

La tragica scoperta del corpo del Conte avvenne solo alcuni mesi dopo, alla riapertura del centro fieristico per l'inizio dei lavori di preparazione della fiera Sposa felice. La notizia ebbe ampia eco sui giornali.

Ancora oggi, a distanza di anni, si racconta che il fantasma del Conte si aggiri irrequieto per i padiglioni della Fiera di Rimini. Qualcuno giura anche di averlo sentito gridare parole incomprensibili, soprattutto durante le successive edizioni del Festival del Condominio. Ma è una leggenda alla quale non tutti danno credito.

RINGRAZIAMENTI

Un grazie a Paola, Enrico, Chiara, Marcello, Livio, Stefania, Maria, Francesco, Luca, Roberto, Edoardo e Marcella.

Finito di stampare nel mese di marzo 2018
per conto di Codice Edizioni srl, Torino
da Stampatre, Torino